칠지도,
61자 비밀

| 일러두기 |

1. 칠지도 제작연대는 몇 가지 설이 있다. 이 작품에서는 가장 유력하다고 여겨지는 근초고왕 시대를 배경으로 했다.

2. 칠지도를 만든 철은 곡나에서 생산되었다고 한다. 당시 곡나는 황해도 곡나, 충청북도 보은(또는 충주), 충청남도 서산(또는 태안), 전라남도 곡성으로 추정한다. 이 작품에서는 전라남도 곡성으로 설정했다.

3. 칠지도를 만든 장소는 무등산으로 설정했다. 임진왜란 시기에 김덕령 장군과 의병들이 칼과 창 등 무기 만들었다는 제철유적지(주검동)가 있다. 『신증동국여지승람』에 무등산에서 철이 생산됐다는 기록이 있다.

4. 중국 『양서梁書』 백제전에 따르면 백제에 22개 담로가 있어 왕족 자제와 종족이 파견되어 통치했음을 알 수 있다. 현재 일본 나라현 덴리시 이소노카미신궁에 소장된 백제 시대 칠지도는 후왕제도와 관련이 있다.

5. 무등산은 무진악, 무악, 서석산, 무돌산, 무정산, 무덤산 등 여러 이름으로 불렀다. 이 작품에서는 무돌산(무지개를 품은 돌)이란 명칭을 사용했다.

6. 백제 시대 5대 가요 중 하나 "무등산가"는 작자와 연대를 알 수 없다. 다른 가요와 달리 전쟁으로 혼란할 때 무등산에 성을 쌓으니 백성이 안심하고 살아갈 수 있게 됨을 기뻐하며 부른 노래라고 한다. 가사와 악보는 전하지 않고, 제목과 유래만 『고려사高麗史』 『악지樂志』에 실려 있다.

*『칠지도, 61자 비밀』은 역사 자료를 바탕으로 했으나 상세한 내용은 작가 상상력으로 만들어졌다.

칠지도,
62자 비밀

엄수경 장편동화 | 박희선 그림

차례

세 개의 별똥별

어강어강 다롱다롱 어강다롱 다롱어강

무돌산 무지갯빛 무등벌 에워쌀 때

하나 된 백성들 하눌님께 경배하네

어강어강 다롱다롱 어강다롱 다롱어강

현을 타며 노래하라 손을 잡고 강강술래

천세 만세 만만세 대백제여 영원하리

고마가 무돌궁 입구에 앉아 한참을 있었어. 아버지 어라하 뜻을 따를 것인가, 자신의 꿈 야장이 될 것인가?

이곳은 기도하는 곳이므로 일반 사람은 들어올 수 없습니다. 들어올 때는 솟대에 걸려 있는 팔주령을 흔들고 북을 세 번 치십시오. 허락할 때까지 말을 해서는 안 됩니다!

15년 전 무돌궁을 중심으로 세 개 별이 긴꼬리를 남기고 떨어졌어. 제일 큰 별똥별이 백제 13대 어라하가 있는 한성 쪽이었지.

백제시대 지배층에서는 왕을 어라하라고 했어. '어라'는 어른, 크다는 의미야. '하'는 왕이란 뜻이래. 왕비는 어륙이라 했지. 백성들은 왕을 건길지라 했어. '건'이란 말도 크다, 큰이란 뜻이래. '길지'는 왕이란 말이야.

또 하나 별똥별은 무돌산 자락 아랫마을이었어. 세 번째 별똥별은 마한의 복원을 꿈꾸는 사람들이 있는 신미국(현재 전라남도 해남군 일대)이었지.

"별똥별이 떨어지면 큰 사람이 태어난다는데…, 백제에 큰 변화가 생기겠는 걸."

무돌궁 불을 담당하는 신녀가 봄 제사를 준비하면서 밤하늘을 바라보며 한 말이었어.

올해 무돌궁 봄 제사에서 불을 담당하는 신녀는 아리야. 15년 전 세 개 별똥별 중 하나의 주인공이지. 별똥별이 떨어진 후 무돌산 자락에서 1년이 지난 후 태어났거든.

카랑카랑한 날씨였지. 서쪽 하늘에 황소 뿔을 닮은 달이 도드라져 보였어. 달 모양을 보면 오늘이 음력 오월 초사흘쯤이라는 걸 알 수 있지.

하얀 마가목꽃과 보라색 멀구슬나무꽃이 흐드러지게 핀 날이야. 새 부리를 닮은 노란 털조장나무 꽃봉오리가 어느 해보다 탐스럽게 올라왔지. 털조장나무는 무돌산을 대표하는 깃대종 식물이야.

산 아래 고을에서 무돌산을 바라보면 무지갯빛이 흘러나왔어. 사람들은 무지개 돌이 있는 산이라 하여 무돌산이라 했지.

무돌산에 무돌궁이 있어. 사람이 함부로 발을 들여놓지 못하는 곳이야. 무돌궁으로 가는 길에는 커다란 바위기둥과 넝쿨나무들이 어우러져 터널을 이루고 있어. 칡넝쿨, 노박덩굴, 으름덩굴, 등나무가 얽히고설켜 원시림 같아.

무돌궁 입구에 호랑가시나무가 양옆으로 서 있어. 호랑이 발톱을 닮은 잎은 나쁜 기운을 막아준다고 하지. 5월이라 황금빛 꽃이 만발했어. 멀리서 보면 황금관처럼 보이지. 겨울이 되면 빨간 열매를 맺을 거야.

원시림 터널을 따라 걸어 들어가면 하늘이 보이지 않을 정도로 큰 나무가 있어. 나뭇가지에 파랗고 하얗고 빨갛고 까맣고 황금빛 다섯 가지 천이 길게 늘어져 춤을 춰.

사람들은 나무 아래서 다른 사람 모르게 소원을 빌어. 나무가 하늘 신에게 소원을 전달해준다고 믿지. 소원을 전달해주는 전령사지만, 무작정 소원을 빌었다가는 오히려 벌을 받게 돼.

맞은편에 긴 장대 위에 오리 세 마리가 앉아 있는데 솟대라고 하지. 솟대에는 청동 팔주령과 큰 북이 걸려 있어.

하늘에 제사를 지내는 천제단이 있는 무돌궁 소도야. 소도는 일반 사람뿐 아니라 특히 남자는 들어갈 수 없는 곳이지. 금지된 구역이지만, 한번 발을 들여놓으면 짐승이라도 내치지 않아. 소도 규율이 그래.

무돌궁 숲은 오월 꽃으로 환했어. 밤하늘은 어느 때보다 청청해. 손을 내밀면 싸라기별이 두 손 가득 넘쳐 안다미로 담길 것 같아.

다른 날 같으면 흑룡과 백룡이 자리다툼을 할 시각이야. 어제와 오늘 경계라는 말이지. 갑자기 무돌산 동쪽 하늘에 비를 머금은 검은 매지구름 한 덩어리가 나타났어. 세상이 어둠에 싸이고, 동쪽 하늘에 갈고리 모양 초승달이 얼굴을 삐쭉 내밀었지.

바람이 휙 귀신처럼 지나갔어. 순간 흰 마가목 꽃잎이 눈처럼 쏟아졌지. 흩어진 꽃잎이 돌개바람으로 회오리치며 하늘로 올랐어. 보랏빛 멀구슬나무 꽃잎도 우수수 쏟아져 꽃 깔때기가 만들어

칠지도, 61자 비밀

졌지. 허공에 흰 꽃 기둥과 보라색 꽃 기둥이 한참 동안 경쟁했어.

"아~ 오늘은 정화수 그릇에 어떤 눈물이 담길까?"

낮고 차분한 목소리, 사람 그림자는 보이지 않았지.

"드디어 시작인가?"

조심스럽게 목소리가 다시 들려왔어.

"비를 잔뜩 머금고 있는 것으로 봐서 치열한 싸움이 될 것 같아."

말이 끝나자마자 갈고리달이 구름 속으로 사라졌지. 세상이 온통 암흑 속에 잠겨버린 거야.

어둠 속에서 희미하게 나타난 초록색 치마, 불을 담당하는 신녀

라는 표식이지. 올해 불을 담당한 신녀 아리였어.

흑룡과 백룡은 어제와 오늘 경계에서 자리다툼을 해. 무돌궁이 매지구름 속에 휩싸였지. 날씨 변화가 초 단위로 바뀌었어. 심장이 쿵쾅대는 소리까지 들리는가 하면 천둥 같은 폭풍이 몰아쳤지. 산들산들 바람이 불다가 주먹만 한 우박이 쏟아지기도 했어. 흑룡과 백룡이 치열하게 싸우면 싸울수록 날씨 변화는 무쌍했지.

13대 어라하가 전쟁터를 누빌 때 같은 변화무쌍한 느낌이라고 할까?

백제가 마한 54국 중 하나에서 대백제가 되기까지는 역대 왕들과 백성들 열망이 이뤄낸 결과야. 13대 어라하는 피 흘리는 전쟁을 멈추고 강한 나라를 만들 청사진을 그렸어. 일곱 땅을 다스리게 되는 날 외교 강국으로 우뚝 서리라는 계획을 세운 거지.

흑룡과 백룡 싸움터는 허공과 땅 두 곳을 오르락내리락하면서 치러졌어. 싸움이 끝나려면 상대방 목덜미를 먼저 낚아채야 해. 다른 곳에 큰 상처를 입어도 싸움은 끝나지 않아. 백룡이 흑룡을 돌개바람 속에 가두고 재빠르게 흑룡 목덜미를 움켜쥐었지.

싸움 종료! 치열했던 싸움 끝은 시시해.

흑룡은 잿빛 연기로 사라지고 백룡은 커다랗게 입을 벌려 그 연기를 삼켜. 세상은 언제 그랬냐는 듯 평온해지지.

불꽃을 쥐고 태어난 아이

어강어강 다롱다롱 어강다롱 다롱어강

무돌산 무지갯빛 무등벌 에워쌀 때

하나 된 백성들 하눌님께 경배하네

어강어강 다롱다롱 어강다롱 다롱어강

현을 타며 노래하라 손을 잡고 강강술래

천세 만세 만만세 대백제여 영원하리

어라하가 대전으로 급하게 일관부 일자를 불렀어. 일관부는 천문, 기상, 점술 업무를 보는 기관이야.

"일자, 어찌하여 아기씨가 세상으로 나올 생각을 하지 않는 것이요?"

칠지도, 61자 비밀

어륙이 둘째 아기씨를 열두 달이 되었는데 낳지 못하고 있었지.

"하늘이 벌을 내린 것이그만. 왕위에 문제가 있당게."

"맞네. 지금 왕 아버지가 십일 대였제. 십 대 왕이 갑자기 낙랑 태수가 보낸 자객에게 암살당했다고 했는디 믿어지는가? 백제 군대가 얼마나 강한디. 십 대 왕 아들이 너무 어리다고 신하들이 적통도 아닌 왕손을 십일 대 왕으로 추대했제. 거기에는 분명히 음모가 있었다고 보네."

"입들 조심하소. 그러다 큰일 당하는구먼."

"우리끼리 말인디 십일 대 왕이 승하하시고 십 대 왕 맏아들이 십이 대 왕으로 왕위에 올랐제. 왕위가 제대로 이어지는구나 했는디 이 년 만에 느닷없이 돌아가실 수 있당가."

"십일 대 건길지와 십삼 대 건질지가 왕위에 오른 것은 흑막이 분명 있다고 보네."

"두 분 다 적통도 아니고 첫째 왕자도 아니었제. 둘째였당게."

"맞네 맞아. 그래서 하눌님도 노하셨그만."

13대가 왕위에 올랐을 때 백성들 사이에서 소문이 떠돌았어. 가뭄이 들자 민심은 더욱 나빠졌지. 백성은 건길지가 덕이 없기 때문이라고 했어.

"어라하께 아룁니다. 어륙님과 아기씨는 무탈하십니다."

"그것은 듣던 중 천만다행이오."

어라하는 백성들 사이에 떠도는 소문에 불편함을 숨기고 고개를 주억였지.

"일자, 별자리가 어떻게 돌아가고 있소?"

일관부 일자는 별자리를 보고 나라의 좋은 일과 나쁜 일을 점치지. 농사에 필요한 지식을 별자리 변화를 보고 연구해.

"어라하께 아룁니다. 별자리는 별 이상 없이 순조롭습니다."

"아기씨가 언제쯤 세상 빛을 볼 것 같소?"

"어라하께 아룁니다. 둘째 아기씨 태몽을 꾸시고 곰제별궁에 물으라 하셨을 때입니다. 구다라 신녀가 소서노 왕모께 물었을 때 아기씨가 태어날 때까지 침묵하라 하셨나이다."

소서노를 모시는 사당을 곰제별궁이라 해. 소서노는 고구려와 백제를 세우는 데 큰 역할을 했던 여성이야. 백제에서 국모로 모시고 있었지.

백제에서 우두머리 신녀를 구다라라고 불러. 당시 왜에서 '구다라나이'란 말이 유행했어. 시시하다, 형편없다, 쓸모없다는 의미야. '구다라'는 백제를 뜻하고, '나이'는 없다, 아니라는 부정적 의미지. 구다라나이는 백제 것이 아니다, 백제 물건이 아니면 의미 없다, 백제 것이 최고라는 뜻이야.

"일자, 아기가 여기서 더 자란다면 왕후 생명까지 위험해질까 걱정이오."

"어라하께 아룁니다. 나쁜 일은 일어나지 않을 것입니다. 소서노 삼신할머니께서 어륙님과 아기씨를 보호해 주시고 계십니다."

어라하가 왕위에 오르고 육 년째였지. 1년 전 봄 제사를 준비하던 날이었어. 새가 나무에 앉아 노래를 부르고, 봄바람에 나비들이 춤을 추었지. 천하장사도 이기지 못한다는 눈꺼풀이 자꾸만 내려앉은 거야.

"오늘은 정성을 다해야 할 봄 제삿날인데 무슨 조화란 말인가? 천지신명이여 올해는 기쁨으로 추수하게 도와주소서!"

어라하는 죽을힘을 다해 졸음을 참았어.

"왕후인 내가 정신을 차리지 못한다면 곡식 신과 땅 신이 노할 것이다."

어륙도 졸음을 쫓으려 애를 썼지.

왕위에 오른 13대 어라하는 호탕한 성격이었지만 궐 안에서 외로웠지. 마음을 다해 따라주는 신하가 없었기 때문이야. 12대 왕을 따르던 신하들은 호시탐탐 13대 어라하가 잘 못되길 바랐어. 어라하에게 하늘이 벌을 내린 거라는 소문을 백성들에게 흘리기도 했지.

봄 제사를 지내는 날이라 정성을 다해야 했어. 어라하가 졸음을 쫓는데, 길들지 않은 매 한 마리가 방으로 날아오더니 오른손에 앉았지. 흰 호랑이 한 마리가 뛰어 들어와 왼손에 올라앉은 거야. 흑거북 한 마리가 기어들어 와 무릎 위로 올라왔지. 해와 달이 양어깨에 내려앉았어. 붉은 용 한 마리가 완월당 대들보를 휘감고 있는 꿈을 꾼 거야.

꿈이 하도 기이하여 어륙에게 말을 했지.

"짐이 방금 정말 이상한 꿈을 꾸었소."

어륙도 어라하와 똑같은 꿈을 꾸었노라고 했어. 한날한시에 꿈을 꾼 거야.

어라하는 어려움에서 벗어나 백제를 큰 나라로 만들 왕손을 볼 꿈이라 하여 일자를 불렀지.

"일자, 지금 당장 구다라 신녀에게 소서노 국모께 제를 올릴 준비를 하라 이르시오."

일자가 곰제별궁 앞에서 갑자기 몸이 휘청했어. 하늘 소리를 들은 거야. 구다라 신녀에게 제 올릴 준빌 하라 일러야 하는데 입이 떨어지지 않았지.

"침묵하라. 이번 아기씨는 야장이 될 운명을 타고났다. 이 아이가 열다섯 살이 될 때까지 그 누구에게도 말을 해서는 안 되느니라."

나라를 다스릴 어라하가 아니라 쇠를 다룰 야장이 될 운명이라는 하늘 소리였어.

"천지신명이여, 백제를 더욱 강건한 나라로 만들어주소서!"

어라하는 꿈이 반드시 백제를 큰 나라로 만들 왕손이 태어날 것이라 믿었지. 가뭄 또한 해소해줄 인물이라 확신한 거야.

"가뭄은 끝이 났소. 벼농사는 풍년이오. 옥문을 열고 죄인들을 풀어주라. 백성들에게 곡식을 나눠주고 기쁨을 나누라."

어라하는 추수하고 감사제를 드리는 것처럼 어명을 내렸어.

"어라하께 아룁니다. 국고를 비우지는 마소서. 아직 확신할 수는 없나이다."

"아니오. 분명 백제를 구할 왕손을 볼 꿈이오. 이뤄졌다 믿고 해야 정말 이뤄질 것이오."

확신에 찬 어라하 생각을 일자는 꺾을 수가 없었지. 일자는 하늘 소리를 들었다고 말할 수 없었어. 답답한 가슴만 쓸어내린 거야.

어라하와 어륙이 꿈을 꾸고 아이를 가진 지 1년이 되는 날이야. 오늘은 오월 초사흘 봄 제사를 지내는 날이기도 하지.

해넘이가 되고 밤이 깊어 갈 때 좀처럼 보기 드물다는 미리내가 하늘을 수놓았지. 미리내를 사이에 두고 베를 짜 옷을 만드는 직녀 짚신할미와 소를 키우고 농사를 짓는 견우 짚신할아비 별자리가 반짝였어.

짚신할미와 짚신하아비가 만나고 싶은 마음이 간절하지만 건너 갈 수 없는 강이 미리내야. 오작교가 있어야 만날 수 있지.

일 년에 딱 한 번 음력 칠월칠석에 오작교는 만들어져. 까마귀와 까막까치가 모여서 자기들 몸을 잇대어 다릴 만들어주거든. 미리내가 반짝이는 것은 짚신할미와 짚신할아비가 오작교 중간에서 만나 흘리는 기쁨의 눈물 빛이래. 눈물은 풍년을 예고하는 거야.

유난히 큰 별 하나가 완월당 지붕 위에서 빛났어. 그때 어륙이 드디어 산통이 시작된 거야. 열 달이 훌쩍 지나고 열두 달 만에 시작된 산통이었지.

맑은 하늘에서 갑자기 폭우가 무더기비로 쏟아졌어. 거먹구름이 하늘을 뒤덮었지. 세상이 캄캄해지면서 번개가 번쩍, 우레가 우르르 쾅쾅쾅, 굵은 빗발이 동이로 퍼붓듯 달구비가 내렸어. 된바람이 휘몰아쳤지. 앞을 분간할 수 없는 살풍경이 벌어졌어.

백제궁 안은 날씨만큼이나 부산해졌어. 살아 있는 것은 나무 한 그루도 잠들지 못하고 있었지. 백제궁 사람들은 한마디씩 했어.

"대단한 왕손이 태어나려고 날씨까지 대단하시구나."

어의가 급하게 완월당으로 들었어.

"아직도 소식이 없단 말이냐?"

어라하가 전쟁터를 누비던 용맹함은 찾아볼 수 없었지. 안절부절, 손톱을 잘근잘근 씹고 있었어. 손톱 밑이 피멍이 들도록 물어뜯고 있었던 거야. 이런 모습은 처음이었어.

"어라하께 아룁니다. 무슨 조화인지 모르겠나이다."

일자도 안절부절못했지.

"곰제별궁 상황은 어떠한가?"

"어라하께 아룁니다. 신녀가 소서노 왕모께 기도를 올리고 있나이다."

"동명왕사당에 불을 밝힐 준빌 하라!"

동명왕사당에는 나라에 중요한 일이 있을 때와 봄과 가을에 토지신과 곡식신에게 제사를 지냈어. 어라하와 일자, 신녀가 들어갈 수 있지. 동명왕사당은 부여 시조를 모시는 사당이야. 백제 뿌리가 부여에서 나왔기 때문이지.

곰제별궁은 궁궐에 아기씨가 태어나거나 아기를 점지해 달라고 빌 때 찾았어. 신녀와 함께 어륙이 들어갈 수 있지. 곰제별궁은 왕실에 후손이 태어날 때 반드시 찾는 사당이야.

소서노는 백제 삼신할머니로 아기를 점지해주고 무탈하게 자라게 돌봐주는 신이지. 사람들은 삼신이 아이가 태어나 열다섯 살이 될 때까지 돌봐준다고 믿었어.

어라하가 곰제별궁 앞에 섰을 때 도깨비 같은 날씨가 맑아진 거야. 그와 동시에 완월당에서 아기 울음소리가 흘러나와 백제궁에 울려 퍼졌지. 완월당 지붕 위에 보랏빛 한줄기가 감싸고 돌다 하늘로 올랐어.

"어라하께 아룁니다. 왕자 아기씨입니다."

"경사로구나. 경사야. 잔치를 준비하라!"

어라하 입이 귀에 걸렸지. 청동 팔주령을 힘차게 흔들어댔어. 궁에서 왕자가 태어났을 때만 흔들 수 있는 방울이야.

왕자 아기는 두 주먹을 꼭 쥐고 태어났어. 울음소리는 천둥소리 같았지. 목욕시키는 궁녀들이 왕자 아기 주먹을 펴려고 했지만 펴지지 않았어.

"왕자 아기씨 손에 이상이 있나 봐. 잘못된 것 아닐까?"

"어륙에게 고해야 하지 않을까?"

"어휴 왕자 아기씨 불쌍해서 어쩌나. 두 손 다 이러니 큰일이다."

궁녀들이 왕자 손이 잘 못 된 것 같다고 수군거렸지. 그 말을 듣기라도 한 것일까. 쥐고 있던 주먹을 쫙 폈어. 양 손바닥 가운데 팥보다 큰 붉은 점이 있었지.

그와 동시에 붉은 용 한 마리가 완월당으로 들어와 대들보를 휘감았어. 목욕 중이던 왕자 아기가 붉은 용과 눈을 맞추며 까르르 웃었지. 궁녀들이 깜짝 놀라 목욕물을 엎었어. 붉은 용이 바닥으로 내려와 왕자 아기씨를 감싸고 돈 거야.

"아기씨가 위험하다. 군사를 불러라!"

"여보시오. 빨리 왕자 아기씨를 구해주시오."

군사들이 달려왔지. 그와 동시에 붉은 용이 연기처럼 목욕간을 빠져나갔어.

붉은 용은 불을 다스리고 쇠를 다루는 신이야.

불을 담당하는 신녀 아리

어강어강 다롱다롱 어강다롱 다롱어강

무돌산 무지갯빛 무등벌 에워쌀 때

하나 된 백성들 하눌님께 경배하네

어강어강 다롱다롱 어강다롱 다롱어강

현을 타며 노래하라 손을 잡고 강강술래

천세 만세 만만세 대백제여 영원하리

무돌산 천제단에서 1년에 두 번 나라 제사를 지내. 볍씨를 뿌리기 전 봄에 제사를 지내고, 가을걷이하고 감사제를 올려. 농사는 풍년이 되기도 하고 흉년이 되기도 하지. 신녀가 얼마나 정성을 들여 제사를 지냈는가에 달려있다고 사람들은 믿었어.

천제단으로 가는 길목에 하얀 물체가 희미하게 나타났지. 흰 저고리가 엉덩이까지 내려오고, 꽃으로 만든 화관을 쓰고 있어. 흰 모란꽃 사이사이로 노란 털 장화를 신은 새 발처럼 생긴 털조장나무 꽃망울이 쭈뼛이 올라와 있는 게 보여. 흰 모란꽃과 털조장나무꽃으로 엮은 화관이야. 목걸이에서 파란 불빛이 흘러나오고 있어.

천제단 입구에 초록색 치마가 드러났지. 불을 담당하는 신녀라는 표식이야. 천제단 불신녀는 흰 모란꽃과 털조장나무꽃으로 엮어 만든 화관을 써. 흰 모란꽃은 모든 신녀가 사용하는 꽃이야. 털조장나무꽃은 무돌산 신녀만 사용할 수 있지. 불을 담당하는 신녀는 자신이 속해 있는 산 깃대종으로 화관을 만들어 쓰거든.

아리가 오늘 천제단에 불을 밝히는 책임을 맡은 첫날이야. 어젯밤 시험을 통과하여 불신녀가 지켜야 할 의식을 마치고 수계를 받았지. 여러 가지 시험 중 하나가 택견 대련이야. 택견으로 힘을 사용하는 방법을 배우는 거지. 순간이동과 비슷한 방식으로 힘을 발휘해.

신녀는 남자 도움 없이 모든 일을 해나가야 하지. 여자 힘으로 할 수 없는 일도 있어. 이때를 위해 익히는 수련이 바로 택견이야. 마지막 시험은 매잡이 응사로서 자격이지. 불신녀 옆에는 매가 늘 따라다녀.

오십 명 신녀 중 단 한 명만이 응사가 될 수 있지. 양쪽으로 서서 신녀들이 주문을 외우며 두 손을 맞잡을 때였어. 생매 한 마리가 하늘을 빙빙 돌았지. 생매는 길들이지 않는 매야. 사람 손길이 한 번도 닿지 않은 매거든.

남자 응사는 청소년무예단체인 무절에서 사냥하기 위해 매잡이 수련을 받지. 신녀 응사는 달라. 매가 우편배달부이자 수호자야. 신녀는 사제자이면서 치료사거든.

신녀는 약초 공불 해. 민간요법으로 사람을 치료하지. 귀한 약초일수록 절벽이나 위험한 곳에 있기 마련이야. 신녀 응사는 매에게 약초를 구해오도록 하지. 절벽이나 사람 손이 닿지 않은 곳에 있는 신비한 약초를 잘도 찾아서 와.

생매가 벼락질을 했어. 벼락질은 하늘 높이 치솟았다가 빠르게 내려오는 모습이야. 신녀들 사이와 허공을 매우 빠르게 치솟았다가 내려오기를 몇 차례 반복했어. 다시 허공으로 치솟아 오르면서 매 똥인 매찌를 갈긴 거야.

매찌가 아리 어깨 위로 떨어졌어. 옆에 있던 신녀들이 키들키들 웃었지.

"아리 신녀, 오늘 재수가 없는 날이네."

아리는 알았어. 생매와 자신이 하나가 되었다는 것을 말이야. 매찌는 아리를 주인으로 섬기겠다는 약속의 표식이거든. 생매가 허공에서 몇 차례 빙빙 돌다가 아리 어깨 위로 사뿐하게 내려앉았지.

칠지도, 61자 비밀

"오늘부터 무돌궁 천제단에서 불 담당 신녀는 아리다. 아리는 앞으로 나와 수계를 받으라!"

아리가 움직여도 생매는 어깨에서 날아가지 않았어.

신녀들이 모두 잠자리로 돌아가고, 아리만이 신당 앞에 남았지. 얼마나 시간이 지났을까? 갑자기 한 번도 맡아보지 않은 향이 진동했어. 땅 기운과 하늘 기운이 하나가 됐다는 신호야. 하루 24시간 중 가장 어두울 때, 용의 눈물을 받아야 할 시각이지.

흑룡과 백룡 싸움에서 흘리는 세 방울 눈물은 불을 담당하는 신녀가 받아 내야 해. 떨어질 시각을 잘 맞혀야만 받아 낼 수 있지.

천제단으로 가는 길 양옆에는 열두 개 불기둥이 각각 서 있어. 평소에는 꺼질 듯 말듯 불씨만 있거든.

아리가 천제단 입구에 섰어. 정화수 그릇을 두 손으로 받쳐 들었지. 두 손을 하늘로 번쩍 들어 올렸어. 1초, 2초, 3초…, 양팔로 원을 그리며 아래로 내렸지. 마술을 부리기라도 한 것처럼 정화수 그릇이 허공에 떠 있어.

정화수 그릇을 맞잡고 양팔을 벌리고 원을 그리면 바람이 일어나 기둥에 불꽃이 피어올라. 한 번 두 번 세 번…, 열한 번째 강한 바람이 일어나고 스물두 개 기둥에 불꽃이 솟아올랐어. 제단 안쪽이 환해졌지.

천제단 입구 첫 번째 기둥에 섰을 때 또르르 물방울이 정화수 그릇에 담겼어. 또르르 두 번째 물방울이 다섯 번째 기둥에 섰을 때 소리를 냈지. 마지막 세 번째 물방울은 열 번째 기둥에 섰을 때였어.

열두 번째 불기둥에서 정화수 그릇 안을 확인하지. 아리 얼굴이 박꽃같이 환해졌어. 올해 벼농사는 대풍이라는 예언이었거든. 모든 곡물도 풍작이 될 징조였지. 자리다툼에서 백룡이 승리하고 백룡 눈물이 담겼거든.

흑룡과 백룡 싸움이 끝날 때 세 개 눈물방울을 흘려. 어느 해는 수정처럼 맑은 눈물방울이, 어느 해는 흑진주 같은 눈물방울이 정화수 그릇에 담기지. 수정 같은 물방울은 백룡 눈물이야. 흑진주 물방울은 흑룡 눈물이지.

싸움에서 이겼다고 눈물을 흘리지도, 졌다고 흘리는 것도 아니야. 신녀는 용 눈물 색으로 그해 농사를 점쳐. 특히 벼농사는 백룡과 흑룡 눈물로 풍작과 흉작을 예견하지.

자리다툼에서 이긴 백룡 눈물이 정화수 그릇에 담기면 대풍이야. 흑룡이 이긴 다음 눈물이 담기면 대흉작이 되지.

흑룡 눈물방울은 악기 중 훈이나 나각 소리 같아. 백룡 눈물방울은 양금 소리처럼 맑고 청량해.

올해 정화수 그릇에 백룡 눈물이 담겼어. 벼농사는 어떤 해 보다 풍작이 될 거야. 백룡이 자리다툼에서 이기고 눈물까지 흘렸기 때문이지. 백룡은 날씨를 마음대로 다스릴 수 있거든. 비의 신이야. 농사짓기에 알맞은 비를 내려주지.

흑룡이 이기고 눈물방울이 정화수 그릇에 담기면 그해는 비가 좀처럼 내리지 않아. 흑룡은 심보가 고약해. 사람들이 고통스러워하면 할수록 흑룡은 행복해하지. 사람들이 흑룡을 원망하지만 이름 또한 불러주기 때문이야.

흑룡은 외로움을 많이 타. 어둠 속에서 살기 때문에 이름을 불러주면 좋아하지. 흑룡은 짓궂게도 강한 땡볕을 내려 논바닥이 거북이 등껍질처럼 쩍쩍 갈라지게 해. 곡식뿐 아니라 나무와 풀들도 말라가. 사람들 눈물마저도 말려버리고 말아. 세상이 불 난 것처럼 심한 불가뭄이 되고 말지.

농사철에 비가 내리지 않으면 사람들은 불신녀에게 원망을 쏟아내.

"건길지께 아룁니다. 신녀가 부정을 타서 하늘이 노하셨습니다. 신녀에게 죄를 물으소서."

"흑룡임이시여, 노여움을 푸소서!"

흑룡은 자기 이름을 불러주면 좋아서 비를 내려주지. 아뿔싸! 너무 많은 비를 내려주는 바람에 그나마 남아 있던 곡식마저 망치고 말아. 흑룡은 중간이라는 것이 없어. 극과 극이야.

닭울음소리별이라는 계명성이 밝음 속에 안기는 시각이야. 그때였지. 무돌궁을 중심으로 세 개 별이 환하게 빛났어. 15년 전 별똥별이 떨어진 곳이었지.

세 개 별만이 유난히 빛을 내는 어둑새벽이야.

벽골제 단야와 백호

어강어강 다롱다롱 어강다롱 다롱어강

무돌산 무지갯빛 무등벌 에워쌀 때

하나 된 백성들 하눌님께 경배하네

어강어강 다롱다롱 어강다롱 다롱어강

현을 타며 노래하라 손을 잡고 강강술래

천세 만세 만만세 대백제여 영원하리

13대 왕인 아버지 11대가 왕위에 오르고부터였지. 백성들은 비가 내리지 않고 농사가 되지 않아 건길지가 덕이 없기 때문이라 원망했어.

"그것 아는가? 낙랑 태수가 보낸 자객에게 십 대 건길지가 죽었다는데 자네들은 암살을 믿는가?"

"맞아. 백제 군대가 얼마나 쌩쌩한데 암살자가 나랏님을 죽였
겠는가?"

"아이코 그런 소리 말어. 나라 안이 흉흉한데 무슨 일을 당하려
고 그런 소릴 하는가?"

"농사를 지어야 하는디 비가 내리지 않은 게 그러제."

백성들은 건길지를 믿지 못했고, 벼슬아치들 말은 더욱 믿지 않
았지. 11대 왕은 백성들 마음을 돌리기 위해 노력했어.

"주군께 아룁니다. 온 나라가 해갈을 못 해 농사를 지을 수 없습
니다."

"짐도 알고 있소. 이 어려움을 어떻게 극복해야 하겠는가?"

"주군께 아룁니다. 다시 한번 기우제를 지내면 어떻겠사옵니
까?"

"기우제를 올렸으나 하늘은 들어주지 않았소. 농사에서 물이
필요 없을 때 비는 내리고 근본적인 해결책이 필요하지 않겠는가.
누각박사, 좋은 방법이 없겠는가?"

"주군께 아룁니다. 비가 많이 내릴 때 물을 모아 둘 제방을 만들
면 좋겠습니다. 저장고가 필요하옵니다."

누각박사는 한참을 생각하다 조심스럽게 입을 열었지.

"짐도 그 생각을 했소. 같은 의견이오. 당장 물을 저장할 수 있
는 제방을 만들도록 합시다. 어디에 만들면 좋겠는가?"

칠지도, 61자 비밀

왕은 얼굴이 환해졌어.

"주군께 아뢥니다. 벼농사를 가장 많이 짓고 있는 벽골군 볏골 땅이 좋겠나이다. 볏골은 벼 고을이라는 뜻입니다."

"주군께 아뢥니다. 소인 생각도 누각박사가 추천한 벽골 땅이 안성맞춤이라 여깁니다. 나라 안에서 하늘과 땅이 맞닿아 지평선을 볼 수 있는 곳이 벽골이라는 말을 들었나이다."

누각박사 말에 일자가 거들었지.

"벽골에 유품 태수에게 명한다. 누각박사를 도와 지금부터 물을 저장할 제방을 만들라. 이름은 벽골 땅 이름대로 벽골제라 하라. 나라 안에서 처음 하는 사업이다. 일을 마칠 때까지 조심하고 또 조심하라. 어명이다."

세상에는 쉬운 일이란 없나 봐.

"태수님, 오늘도 서해 바닷물이 밀려와 쌓아놓은 둑을 무너뜨렸습니다."

"집사는 일자를 찾아가 보시오. 매번 쌓아 올린 둑이 무너지는지 이유를 알아보시오."

"태수님, 둑이 무너지는 원인이 이무기 때문이랍니다."

"오~ 그래 이무기를 잡도록 합시다."

"그것이……."

"머뭇거리지 말고 말해보시오."

"태수님, 이무기에게 제물을 바쳐야 한답니다."

"당장 제사 지낼 준빌 합시다."

"그것이 아니옵니다."

"그럼, 뭐란 말이요?"

"제물이 처녀이옵니다."

태수는 이무기 제물이 처녀라는 말에 깜짝 놀랐지.

"일자가 그리 말하였소? 인신공희를 해야 한다고."

"아니옵니다. 지나가던 스님이 벽골제 물을 보고 그리했습죠. 일자님도 같은 생각이셨습니다."

태수에게 단야라는 딸이 있었어. 혼례 날을 잡아놓은 딸이었지. 자신 딸이 소중하듯 모든 부모는 같은 마음이라 생각했어.

태수는 딸에게 3일 앞으로 다가온 혼례를 미루자고 했지. 백호가 고민에 빠졌어. 단야와 혼인할 남자였지. 백호는 그날 반드시 혼례를 치러야만 해.

백호는 무돌산 산신을 수호하는 흰 호랑이였지. 천 살이 되는 날 임무를 마치고 옥황으로 돌아가야 했어.

시간이란 지상 시간과 옥황 시간 흐름이 달라. 지상에서 1년이 옥황에서는 하루, 1시간일 수 있거든.

"아버지, 소자는 사람으로 살아보고 싶습니다."

백호는 구백구십칠 년이 되는 날 옥황상제 앞에 나타나 선언한 거야.

"갑자기 이유가 무엇이더냐? 진정 사람이 되고자 한단 말이야."

"인간 세상에서 사랑하는 사람과 한번 살아보고 싶습니다."

옥황상제는 아들 뜻을 꺾을 수 없다는 걸 알았지.

"백 일 동안 쑥과 마늘, 물로 견뎌낸다면 사람으로 살아가는 것을 허락하겠다."

옥황상제는 백호가 포기할 거로 생각했는데 백 일을 견뎌 내고만 거야.

백호가 몸과 마음을 수련하는 중에 단야를 만났어. 모악산에서 약초를 캐던 단야가 날이 어두워져 길을 잃었지. 무사히 집으로 돌아갈 수 있도록 해준 거야.

단야는 김제 볏고을 태수 딸이었어. 단야에게 한눈에 반한 백호는 옥황상제에게 남자가 되겠다고 한 거지.

백호는 제방 쌓는 일에 참여하면서 태수 눈에 들게 됐어. 태수는 단야 신랑감으로 백호를 점찍었지. 벽골제 둑이 완성될 때 혼례를 올리기로 했어. 그날은 백호가 인간이 되는 날이기도 하고 천 년이 되는 날이었지.

백호가 온전한 인간이 되려면 천 년이 되는 날 사랑하는 사람과 혼인해야 했어. 호랑이 가죽을 벗고 진짜 사람이 될 수 있거든.

호랑이 가죽은 천둥 번개가 칠 때 비를 맞게 되면 사람들 눈에 띄게 돼. 사람 눈에 띄었을 때는 다시 사람이 될 수 없게 된다는 의미야.

혼인하기로 한 날이 백호가 인간이 될 수 있는 천 년이 되는 날을 놓쳐서는 안 됐지.

"단야 낭자 오늘 밤 우리 둘이 혼례를 올립시다. 둑이 다시 무너진다면 우리는 언제 혼인하게 될지 모르는 일이오."

백호는 단야에게 제안했어. 단야는 고민이 될 수밖에 없었지. 사랑하는 백호 제안에 단야가 결국 허락한 거야. 단둘이 혼례를 치른 날 밤은 세상에서 보지 못했던 커다란 보름달이 떴어. 밤 열두 시 단야와 백호는 황금빛 달무리 아래 정화수만 떠 놓고 혼례를 올린 거야.

개기월식 달가림이 시작되었지. 달이 지구 그림자에 완전히 가려져 태양 빛을 받지 못하고 어둠 속에 잠긴 시각이야. 단야와 백호는 잠자리에 들었어. 단야는 단잠에 빠졌지.

단야가 깊은 잠에 빠지는 순간부터 날씨는 급변했어. 천둥 번개가 치고 장대비가 내린 거야. 천둥 번개가 요란해질수록 단야는 더 깊은 잠에 빠졌어. 백호는 이무기가 조화를 부리고 있다는 걸 알았지.

단야가 잠든 모습을 한참 동안 내려다보고 둑으로 향했어. 비를 맞자 호랑이 가죽이 드러났지. 눈에서 번쩍 파란 빛이 뿜어져 나왔어.

단야가 아침에 눈을 떴지. 옆에 함께 잠들어 있어야 할 신랑 백호가 없었어. 엊저녁 요란했던 날씨는 언제 그랬느냐는 듯 하늘이 맑고 고요했지.

태수는 사람들을 데리고 둑으로 향했어. 엊저녁 날씨라면 둑이 남아 있지 않았을 거로 생각했지. 온몸에 힘이 빠져 걸음마저 비틀거렸어.

태수는 오늘 어떠한 일이 있더라도 꼭 처녀를 구해야겠다고 다짐했지. 더 이상 미룰 상황이 아니었거든. 둑 공사가 길어질수록 사람들 사이에서 불만이 터져 나오기 시작했어. 밤중에 마을을 떠나는 사람도 생겨났지.

엄마 없이 잘 자라준 딸 단야라도 희생시켜야 할까 생각했어. 한숨을 쉬며 터벅터벅 둑을 향해 걷고 있을 때였지. 먼저 당도한 집사가 덩실덩실 춤을 추며 소리를 친 거야.

"태수님, 태수님! 둑이 그대로 있습니다."

태수가 달려가 둑에 올라섰지.

"하눌님 천지신명님 고맙습니다. 고맙습니다!"

큰절을 몇 번이나 했어. 절을 하고 고개를 들자 둑 아래쪽에 커다란 흰 호랑이 한 마리가 보였지. 태수가 가까이 갔을 때 호랑이로 보였던 흰 물체는 예비 사위인 백호였어. 백호는 바닷가 쪽 둑에서 양팔을 벌리고 서 있었지.

"백호야, 거기서 뭘 하느냐. 어서 나오너라. 바닷물이 밀려올 시각이다."

태수가 백호를 불렀어. 대답이 없는 거야.

집사가 둑 아래로 조심조심 내려갔어. 백호를 흔들어 깨웠지만 꼼짝하지 않았지. 이미 이 세상 사람이 아니었어.

백호는 단야가 잠든 사이 둑으로 향했던 거야. 이무기와 딱 맞닥쳤지. 둘은 서로를 알아봤어. 누구랄 것도 없었지. 서로 전속력으로 달려가 뒤엉켰어. 용호상박, 팽팽한 힘겨루기는 끝날 것 같지 않았지.

동이 틀 무렵 이무기가 제방으로 몸을 날렸어. 뻥, 구멍이 뚫렸지. 둑이 무너질 위기에 처한 거야. 백호가 몸을 날려 구멍을 막았어. 또 한바탕 밀고 당기는 힘겨루기를 했지.

이무기는 백호가 털과 가죽이 없으면 힘을 쓸 수 없다는 것을 알았어. 둑 속에 있던 이무기가 불을 뿜어냈지. 백호 가죽과 털을 태워버린 거야.

백호는 구멍을 떠나지 않았어. 떠날 수가 없었지. 구멍을 떠난다는 것은 둑이 무너짐을 의미하기 때문이야. 둑이 무너지면 단야가 희생제물이 될 수 있거든. 백호 털가죽이 다 타고나자 사람 모습으로 돌아온 거야.

백호가 한 손을 꼭 쥐고 있었지. 손을 펴자 비늘 하나가 아침 햇살에 반짝였어. 이무기 목에 나 있던 역린이었지. 뱀이 구백구십 년을 살면 목에 역린이 생긴다고 해. 천 년이 되는 날에 여의주를 얻어 용이 된다고 하지.

사람들은 역린을 찾으러 다니기도 해. 소원을 이뤄주는 도깨비방망이거든. 다른 사람 생각을 읽을 수도 있어. 용이나 이무기에

게서 역린이 떨어져 나간다는 건 아무런 힘을 쓸 수 없다는 거야.

　이무기가 용이 되기 위해서는 천 년을 기다려야 해. 그러기 위해 머물 곳이 필요하지. 물이 있어야 하고 소란스럽지 않아야 하거든. 자기가 살고 있던 곳에 변화가 생기면 시간은 다시 영이라는 숫자로 시작하게 돼. 공사를 막을 수밖에 없었던 거지.

　신의 장난이었나 봐. 백호가 사람이 되는 날과 이무기가 용이 되는 날이 같은 날인 거야. 이무기도 오늘 여의주를 얻고 승천할 수 있는 날이었지.

　단야는 신랑 백호를 벽골제 둑에 묻었어. 백호가 묻힌 벽골제를 날마다 찾았지. 단야가 벽골제를 찾을 때마다 물결이 부드럽게 반짝였어. 밤에는 달빛을, 아침에는 햇살을 받아 반짝이는 물비늘이 단야에게 말을 걸어오는 것 같았지. 단야는 물비늘이 백호라고 생각했어.

백호가 떠나고 열 달이 지난 뒤 단야는 딸을 낳았지. 아기 이름을 윤슬이라 했어. 달빛이나 햇빛에 비치어 반짝이는 잔물결이란 뜻이야. 윤슬은 백호가 남기고 간 딸이었지.

단야는 윤슬이 말을 하게 되자 역린으로 목걸이를 만들어 걸어주었어. 단야와 백호 사이에 추억할 수 있는 물건이거든. 단야는 어느 순간부터 윤슬이 이상하다는 걸 느꼈지. 사람 마음을 본다는 것을 안 거야. 목걸이 때문만은 아니었어.

"누구 씨인지 어떻게 알겠어."

어린 윤슬은 아무 때나 사람 생각을 말해버렸지. 마을 사람들이 아비 없는 자식이라는 말을 하기도 전에 먼저 말을 했어. 사람들 사이에 분란의 씨앗이 된 거야.

단야는 윤슬을 더 이상 마을에 둘 수 없다고 생각했지. 윤슬이 열두 살이 되었을 때 모악산 기도처로 보냈어. 그곳에서 몇 년 동안 신녀 수련을 잘 받을 때였지.

무절에 있던 청년을 만나 사랑에 빠진 거야. 윤슬 남편은 어라하와 전쟁에 나가 그만 죽음을 맞고 말았어. 윤슬은 아이가 생긴 걸 알았지. 무돌산 자락을 찾았어. 아이 아버지 고향을 찾아온 거지.

십오 년 전 오늘 또 하나 별똥별이 무돌산으로 떨어졌어. 그곳에서 세 개 별똥별 주인공 중 한 명인 아리가 태어난 거야. 아리도 열두 달 만에 세상 빛을 봤지.

아리가 태어나던 날 밤새 꽃비가 내렸어. 선녀가 하늘에서 연꽃을 타고 내려와 윤슬 품에 안겼지. 윤슬은 남의 집 허드렛일을 해주면서 아리를 키웠어.

신녀는 신당을 나오면 갈 곳이 없었어. 혼인도 할 수도 없었지. 남자들은 신녀였던 여자와 혼인하기를 꺼렸어. 신의 노여움을 사 죽는다고 생각했거든.

신녀는 신당을 나올 때 증표를 얼굴에 받아. 이마에 동그란 낙인을 찍지. 낙인을 가리기 위해 몽수라는 까만 가리개를 써. 예외가 있어. 아이를 가진 신녀는 낙인을 받지 않아. 옷은 검정 빛깔만 입지. 온통 검은빛 여자는 신녀였다는 표식이야. 마치 저승사자 같아.

사람들은 멀리서 까만빛 물체만 보여도 오던 길을 되돌아갔지. 신녀와 마주친 사람은 재수가 없다고 생각했거든. 사람들은 길에서 검은빛 옷을 입은 여자를 만나면 왼발로 땅을 세 번 차고 침을 세 번 뱉고 재빨리 지나가지.

검은빛 여자는 살아가기 위해 주막에서 허드렛일해주면서 밥을 얻어먹었어. 음식 만드는 솜씨가 좋았지. 특히 약술을 잘 빚었어. 사람들이 많이 드나드는 곳이라 아픈 사람이 있을 때가 있지.

민간요법으로 치료해줬어. 돈을 받지 않고 치료해주기 때문에 많은 사람이 찾아왔지. 약초를 파는 사람에게 미움을 받을 수밖에 없었어.

아리는 사람 마음을 읽었지. 동물 생각을 읽을 수 있다는 게 무서웠어.

"엄마 저는 제가 무서워요."

"아리야, 왜 그러느냐?"

"사람 앞에서 그 사람 눈을 보면 생각이 보여요. 마음을 읽는 거울이 있나 봐요."

"아리야 그건 신이 네게 내려준 특별한 선물이란다."

윤슬은 아리에게 영혼이 맑은 사람에게 신이 준 선물이라 했지.

신비한 생명수

어강어강 다롱다롱 어강다롱 다롱어강

무돌산 무지갯빛 무등벌 에워쌀 때

하나 된 백성들 하눌님께 경배하네

어강어강 다롱다롱 어강다롱 다롱어강

현을 타며 노래하라 손을 잡고 강강술래

천세 만세 만만세 대백제여 영원하리

　아리가 정화수 그릇을 들고 천제단 안으로 들어섰어. 갑자기 발걸음을 멈췄지. 강아지처럼 졸졸 따라오던 매가 아리 어깨로 올라와 앉았어. 흰 호랑이 한 마리가 천제단 오른쪽 아래에 앉아 있었거든. 맹수처럼 용감한 매가 흰 호랑이를 보자 갑자기 벌벌 떨었지. 흰 호랑이 눈에서 파란빛이 흘러나왔어. 매가 실눈을 하고 흰 호랑이와 눈싸움을 하듯 뚫어져라 바라봤지. 흰 호랑이는 눈알을 빙빙 돌리며 매를 바라봤어.

아리와 흰 호랑이가 눈이 마주쳤지. 호랑이가 아리에게 고개를 세 번 숙였어. 아리가 따라서 고개를 숙였지. 고개를 들자 호랑이는 바람처럼 사라지고 없었어. 아리가 천천히 천제단으로 발걸음을 옮겼지. 갑자기 걸음이 멈춰졌어.

제단 앞에 사람이 누워있는 거야. 가슴이 철렁했지. 건장한 청년이 움직이지 않았어. 죽은 사람처럼 보였지. 옷차림이 예사롭지 않았어. 사냥할 때 입는 옷이었으나 끝단에 금실로 된 수, 왕족만이 입을 수 있는 옷이었지.

청년 얼굴은 핏기가 없었어. 조각처럼 생긴 얼굴, 아리 가슴이 방망이질해댔지. 불을 담당하는 책임 받은 첫날, 나라에 큰 제사가 있는 날이라 모든 것에서 조심조심해야 하는데……

하늘 신과 곡식 신에게 제사를 올리기도 전 신성한 곳에 흰 호랑이가 다녀간 것도 있을 수 없는 일이지. 신녀만이 들어올 수 있는 공간에 들어와 있는 남자. 아리 심장이 급하게 뛰었지. 천지신명에 대한 두려움과 남자와 마주하게 되어 생긴 호기심이었어. 열다섯 살 소녀 가슴에 난생처음 설레는 묘한 감정이었지.

소도 무돌궁에 들어온 후 남자를 본 적이 없어. 아리는 가슴을 진정시키며 제단으로 다가갔지.

'나는 신녀다. 불을 담당한 신녀다.'

아리는 숨 고르기를 하면서 주문처럼 되뇌었어.

나라에서 중요한 일을 할 청년이라는 걸 한눈에 알아본 거야.

정화수를 든 채 청년에게 다가가 코에 검지를 댔지. 미세한 숨
결만 느껴졌어. 천제단에 정화수를 올린 뒤 청년 몸을 살폈지. 넓

적다리뼈가 부러졌어.

아리가 매 머리를 한 번 쓰다듬어 주었지. 매가 천제단을 나갔다가 돌아왔어. 매 부리에 잘 익은 붉은 살굿빛 치자열매가 있었지. 매가 다시 천제단을 나갔어. 풀 한 포기를 물고 왔지. 우슬초 뿌리였어.

아리는 치자 열매와 우슬초 뿌리를 정성스럽게 찧었지. 속치마 자락을 찢어 상처를 싸맸어. 청년 코에 검지를 대봤지. 숨결은 그대로였어. 건장한 청년을 번쩍 둘러업고 제단 뒤로 걸어갔지.

제단 뒤에는 불을 담당하는 신녀에게만 알려진 비밀 문이 있어. 보기에는 일반 바위처럼 보이지. 손바닥을 바위에 대자 스르르 바위문이 열려. 바위가 무리 지어 우둑우둑 바위기둥이 신전처럼 서 있어. 무돌산 천연석굴 은신대야. 안쪽으로 깊숙이 들어가면 가운데에 온돌처럼 편편한 바위가 하나 있어. 바위 주위로 안개가 피어올라.

아리가 청년을 바위 위에 내려놨어. 때마침 바위에 빛 내림이 시작할 시각이었지. 차가운 바위가 점점 따뜻해졌어.

은신대는 불신녀만 아는 동굴이야. 아리가 오늘 처음 들어와 보는 곳이지. 불신녀가 되면 비밀처럼 수장 신녀가 알려주거든. 은신대 안쪽 끝 바위벽에 무돌산 여산신이 자리하고 있어.

무돌산 여산신은 어머니처럼 생명을 잉태하고 길러내지. 주검 집인 무덤이기도 해. 생명과 죽음, 부활의 여산신이야.

아리는 무돌산 여산신 앞에서 숨을 쉴 수 없었어. 무심한 듯 인자한 듯 웃음 짓고 있는 여산신. 바위 속에서 곧 걸어 나올 듯 아리를 바라봤지. 아리는 합장하며 머리를 숙였어. 여산신은 버들가지와 호리병을 들고 있었지.

호리병 주둥이가 밑으로 향해 있고 이슬방울이 맺혀있는 거야. 죽은 사람도 살린다는 생명수지. 불을 담당하는 책임을 맡을 때 수장 신녀가 은신대와 생명수를 알려줬어. 생명수는 그냥 받을 수 있는 것은 아니랬지. 간절하게 원하는 사람에게만 허락한다고 해.

"치유의 어머니여, 생명과 죽음을 다스리는 어머니시여, 죽어가는 영혼을 붙잡아주소서. 이 나라에서 꼭 필요한 사람입니다. 그를 살려주실 분은 당신뿐입니다. 저에게 생명수를 허락하소서!"

약수를 받을 수 있는 단지는 엄지손가락만 해. 생명수는 다섯 방울만 받아야 효험이 있다고 했어. 아리는 여신 앞에 무릎 꿇고 간절하게 기도를 드렸지.

단지를 생명수 호리병 입구에 댔어. 이슬방울이 곧 떨어져 내릴 것 같았지만 움직임이 없었지. 허락하지 않은 거야. 바람이 불었어. 바람에도 움직임을 보이지 않았지.

"모두의 어머니시여, 이 사람을 살려낼 수 있도록 생명수를 주소서. 죽어가는 짐승 목숨도 그냥 거두지 않으시는 분이여, 생명의 부활 신이시여 자비를 베풀어주소서!"

진주처럼 맺혀있던 생명수 한 방울이 똑 떨어졌어. 한참을 기다

리자 다시 똑– 똑– 똑– 똑, 다섯 방울을 받았지. 단지를 떼자 생명수 물방울은 처음 크기 그대로였어. 다섯 방울 생명수는 뼈살이물, 살살이물, 피살이물, 숨살이물, 혼살이물이었지.

뼈살이물은 부러진 뼈를 맞춰주지. 치자꽃과 우슬초로 싸맨 곳에 떨어뜨렸어. 살살이물은 뜯겨나간 피부에 살이 차오르게 해줘. 엉덩이 쪽 살이 떨어져 나가 그곳에 떨어뜨렸지. 금세 새살이 차올랐어. 피살이물을 심장에 떨어뜨렸지. 핏기가 없던 얼굴에 피돌기가 시작되고 얼굴에 생기가 돌았어. 숨살이물은 멈춰버린 숨을 다시 쉴 수 있게 해주지. 코에 물을 떨어뜨리자 미세한 숨이 조금씩 돌아온 거야. 마지막 혼살이물은 사람에게서 떠나려는 혼을 불러와 육신에 깃들게 해줘. 온전한 몸 상태가 되지 않으면 혼살이물은 소용이 없지.

아리는 조심스럽게 청년 몸을 살폈어. 몸이 온전해진 걸 확인한 다음 혼살이물을 입속에 떨어뜨렸지. 바위에 누워있는 청년 몸 속으로 빛이 쭉 빨려들었어. 안개가 청년 주변을 빙빙 감싸고 돌았지.

아리는 청년 몸 상태를 살펴본 다음 은신대를 나왔어. 천제단 불은 환하게 밝혀 있었지.

서석궁과 다물단

어강어강 다롱다롱 어강다롱 다롱어강

무돌산 무지갯빛 무등벌 에워쌀 때

하나 된 백성들 하눌님께 경배하네

어강어강 다롱다롱 어강다롱 다롱어강

현을 타며 노래하라 손을 잡고 강강술래

천세 만세 만만세 대백제여 영원하리

　　무돌산 소도 무돌궁 안에는 50여 명 소녀들이 신녀 교육받는
장소가 있어. 서석궁이지. 신녀들 하루 시작은 택견 수련으로 시
작해. 택견 동작은 춤을 추듯 유연하지. 손과 발을 움쭉거려 생기
는 탄력으로 순식간에 힘을 발휘하여 건장한 사내도 제압할 수 있

는 무술이야.

택견을 익힌 신녀는 엄청난 힘을 발휘할 수 있어. 아리가 건장한 고마를 가볍게 업을 수 있었던 것은 바로 택견 무술 중 하나를 이용했기 때문이지.

무돌궁 안에는 세 개 제단이 있어. 가장 높은 곳이 천제단이야. 하늘 신과 땅 신에게 제사를 올릴 때 사용해. 봄과 가을에 각각 한 차례씩 제사를 지내지. 신녀라도 함부로 들어가는 공간이 아니야. 수장 신녀와 천제단 불을 담당하는 신녀가 들어갈 수 있어.

천제단 불을 담당한 신녀는 교육 중인 신녀 중 열다섯 살이 됐을 때 시험을 통해 선발되게 돼. 훗날 소도에서 수장 신녀가 될 수 있는 자격이 주어져. 소녀들은 열두 살부터 신녀로 선발될 수 있어.

천제단 아래쪽 단은 다물단이라고 해. 무기를 만들 때 대장간 야장이 들어와 제사를 지내는 곳이지. 소도에 남자가 발을 들여놓을 수 있는 하나뿐인 장소야.

무돌궁 다물단에 들어오기 위해서는 반드시 해야 할 일이 있어. 소도 입구 솟대에 매달려 있는 청동 팔주령을 흔들고 북을 세 번 친 다음 들어올 수 있지. 소도 안으로 들어가겠노라고 천지신명에게 고하는 것이야.

무돌단이 있는데 신녀들이 자유롭게 들려서 기도해.

백제에는 청소년무예단체인 무절에서 자신이 가장 잘 할 수 있는 작은 모임이 있지. 무절에서 최고 모임은 다물군이야. 철을 다루는 야금술을 익히는 곳이지. 농기구와 무기 만드는 기술을 배워. 다물군에서 최고 자리는 무기 만드는 기술자야. 야장이라 부르지.

어라하는 전쟁에서 돌아와 제일 먼저 고마를 찾았어. 어린 고마는 무겸 등에 올라 목검을 들고 호령하고 있었지. 아들을 보자 힘들었던 몸과 마음이 가뿐해졌어.

어라하는 아무리 힘든 일이 있어도 아들 고마를 보면 기분이 좋아졌지. 고마는 걸음마를 시작하면서부터 목검을 휘두르고 말 타는 놀이를 좋아했어. 세 돌이 되지도 않았는데 글을 깨쳤지. 늘 무겸과 함께였어.

"고마 왕자는 자랄수록 어라하를 똑 닮아갑니다."

"장군도 그리 생각하시오. 허허허."

어라하 자신을 닮았다는 말에 입이 귀에 걸리게 좋아했지.

13대 어라하는 백제 역대 왕 중 가장 활발하게 땅을 넓혀 나갔어.

"고마는 이 나라 복덩이요. 모든 일이 완벽하게 잘되어지고 있소. 신이 시기할까 두려울 정도요."

"어라하께 아룁니다. 폐하께서 꾸셨던 태몽은 이 전에도 앞으로도 없을 최고입니다. 어라하 말씀처럼 고마 왕자는 반드시 성군이 되실 것입니다."

"그대들과 짐 생각이 같도다. 분명 고마는 성군이 될 것이오."

신하들은 어라하 앞에서 고마 칭찬을 아끼지 않았지.

'아, 일을 어쩐다. 분명 신은 고마 왕자가 야장이 될 거라 했는데. 이를 말할 수는 없다. 침묵하라는 하늘 소리를 거역할 수 없다.'

천문박사 일자만이 답답한 마음에 하늘의 별자리를 살필 뿐이었어.

고마가 태어나고부터 농사는 대풍이었지. 곡식을 쌓을 창고가 부족할 정도였거든. 주변에 있던 나라들은 흉년으로 먹을 게 없었어.

'고마는 동명왕과 소서노, 천신과 땅신에게 축복받고 태어난 것이다. 일곱 나라를 다스릴 때 전쟁은 멈출 것이다. 평화를 유지할 것이다.'

어라하는 고마를 위해 최대한 나라를 넓혀갔지. 둘째였기에 22담로 중 하나를 택해 강력한 군주 자리를 마련해 주려는 계획이었던 거야.

어라하는 주변국들을 합병해 갔어. 전쟁은 백전백승이었지. 전쟁 없이도 백제국 백성이 되고 싶다고 흰 깃발을 들고 찾아온 거야.

외교에도 힘을 썼어. 동아시아에서 중심 세력으로 자리 잡았지. 넓은 영토와 문화적으로 황금기를 맞은 거지. 뒤를 이을 왕자는 전쟁이 없는 나라를 물려주겠다고 다짐하고 다짐했어.

오른손에 생매, 왼손에 흰 호랑이, 무릎 위에 흑거북, 양어깨에 해와 달, 완월당 대들보에 붉은 용. 어라하는 고마 태몽만 떠올리면 입술이 저절로 벌어졌어. 누가 뭐라 해도 고마는 성군이 될 재목이라고 굳게 믿었지.

어라하는 고마가 열 살이 되던 해 청소년무예단체인 무절에 보냈어. 말타기, 활쏘기, 음악, 붓글씨, 수학 등 모든 분야에서 성적은 언제나 대통이었지. 또래에서 자만할 만도 했지만, 예절까지 발랐어. 흠잡을 때 없는 소년이었던 거야.

고마는 무절에서 훈련받던 중 덩이쇠만 보면 가슴이 뛰었어.

'나는 야장이 될 운명일까? 쇠만 보면 행복해. 형님은 나라를 다스리고 나는 훌륭한 무기 만드는 야장이 될 테야.'

고마는 덩이쇠만 보면 손바닥이 뜨거워졌지. 손바닥 붉은 점에서 불이 나오는 느낌이 들었어.

손바닥에서 불이 나오면 환영이 보였지. 붉은 용이 나타나 고마에게 고개를 숙이고 사라지곤 한 거야. 고마는 붉은 용에 관해 아무에게도 말하지 않았어.

이글거리는 화덕, 붉게 달궈진 쇳덩이에 자석이 붙어 있는 것처럼 고마를 자꾸만 끌어당겼지.

"아바마마, 소자는 다물군에 들어가겠습니다."

"다물군이라 하였느냐?"

"예, 아바마마 소자는 다물군이 되고자 합니다."

"세자, 다물군이 무엇을 하는 곳인지 알고 하는 말인가? 다물군은 대장간 일을 하는 곳 아니더냐? 안 될 말이다. 너는 더 넓은 세상을 봐야 하느니라. 세자를 가졌을 때 태몽이 그러했느니라."

어라하는 태몽에 대해 말해주지 않던 일자가 생각났어. 얼굴에 근심이 가득한 채 하늘이 침묵하라 했다던 모습이었지.

'나라를 다스릴 어라하가 아니라 쇠를 다룰 야장이 될 운명이란 말인가? 아~ 어찌하여 세자는 갈수록 쇳덩이를 좋아한단 말인가. 그럴 리가 없다. 분명 성군이 될 운명을 타고났다. 동아시아를 주름잡고 세계를 향해 나가게 될 것이다. 신의 뜻이 아닐지라도 기필코 대백제 어라하로 만들 것이다.'

어라하는 고마를 보면 포기할 수가 없었어. 자랄수록 외모는 자신을 닮고 명민함은 자신을 뛰어넘는 걸 알 수 있었거든. 일자를 불러 묻고 싶었으나 그럴 수 없었지. 그것은 하늘 뜻을 어기는 것이기 때문이었어.

'반드시 백제를 큰 나라로 만들 어라하가 될 것이다. 동명왕이시여, 소서노 어머니시여, 친지신명이시여 굽어살피소서!'

어라하는 고마 곁에 쇠붙이를 두지 못하게 했지. 바라보는 것조차 못하게 했어.

고마가 태어나던 날, 어라하는 청동 팔주령을 그 어느 때보다 힘차게 흔들었지. 방울 소리가 천상까지, 저 땅속 깊은 곳까지 울려 퍼지기를 기원하며 흔들었어. 옥문을 열고 죄인을 풀어주었지.

"어라하께 아룁니다. 얼마 전 병합한 마한 땅 신미국과 가야 지역에 왜구들이 출몰하여 백성들을 힘들게 하고 있나이다."

"그동안 잠잠했는데 이유가 무엇이오?"

"어라하께 아룁니다. 왜구들은 먹을 것을 얻기 위해 그렇사옵니다."

"짐이 미처 그곳까지 신경을 쓰지 못한 건 사실이오. 왕실에서 왜에 사신을 보내겠소."

"어라하께 아룁니다. 현명하신 생각이 옵니다."

어라하는 특별 조치를 한 거야. 무력보다는 화합 정책을 택한 거지. 백제 문화와 문물을 전해주고 평화 정책을 폈어.

어라하는 먼저 왜에 사신을 보냈지. 사신에게 말 두 필을 가지고 왜로 가라 했어. 사신은 그곳에서 말 기르는 법을 가르쳐 주었지. 왜는 이때부터 말을 기르고 말 타는 법을 배우게 됐어.

바느질 봉의 공녀를 보내 직조법을 전했어. 옷을 만들어 입기 시작했지. 유학자를 보내 학문을 전했어. 배 만드는 기술을 전해주기도 했지.

왜는 채집과 수렵 생활에서 갑자기 엄청난 발전을 하게 된 거야. 백제는 야마토정권이 일본 열도를 통합할 수 있게 힘이 되어 줬지.

백제는 낙랑과 대방을 한반도에서 내보내고 동아시아 교역망을 복구하기에 이르렀어. 어라하는 배 만드는 기술을 통해 동아시아 바닷길을 제패했지. 별과 태양을 이용한 항해술이 세계에 알려 진 거야. 경제적으로 문화적으로 백제는 황금기를 맞았어.

고대 동아시아 교역은 낙랑, 대방과 김해 구야국으로 이어지는 경로가 중심이었지. 낙랑과 대방이 한반도에서 쫓겨 간 거야. 동아시아 바닷길이 무너진 거지. 13대 어라하는 동아시아 무역에서 백제가 주도권을 잡고 해양 강국으로 자리매김 한 거야.

어라하는 마한을 완전하게 병합했어. 배 만드는 기술을 통해 동아시아 해상을 장악하여 무역 시장을 독점했지. 왜는 백제를 구다라 큰 나라로 극찬했어.

13대 어라하는 백제가 중국과 일본을 잇는 삼각 교역 중심지로 해양 왕국 기틀을 완성한 거야. 전쟁이 끝나면 승리열병식에서 황색 깃발을 휘날리며 스스로 황제 나라임을 다른 나라에 알렸지.

백제에 백기를 들고 귀화하는 지역이 늘어났어. 백제는 정치적 힘이 미치지 못한 곳에 제후국 형태로 22담로를 정비하고 나라를 다스렸지. 왕족 출신을 보낸 거야. 왜는 22담로 제후국 중 하나가 됐어.

큰 그림을 그리는 어라하

어강어강 다롱다롱 어강다롱 다롱어강

무돌산 무지갯빛 무등벌 에워쌀 때

하나 된 백성들 하눌님께 경배하네

어강어강 다롱다롱 어강다롱 다롱어강

현을 타며 노래하라 손을 잡고 강강술래

천세 만세 만만세 대백제여 영원하리

백제는 가장 질 좋은 철을 가진 마한과 가야를 병합했지. 철을 얻었다는 것은 강대국이 됐다는 것이야. 철은 절대적인 국력이었지. 철이 가장 많은 땅 마한을 차지하던 날 아라하는 꿈을 꿨어. 하늘에서 빛이 쏟아지며 소리만 들렸지.

철지도, 61자 비밀

"백제는 정복을 위한 전쟁을 멈추라. 일곱 땅을 품은 백제는 문화의 꽃을 피워 세상을 평화롭게 하라! 평화를 상징하는 신물을 만들어 스물두 개 담로에 보내 증표로 삼아라!"

어라하는 잠 속에서도 일어나 무릎을 꿇었어. 하늘 소리가 생생했지.

어라하는 며칠 동안 잠도 자지 못하고 고민에 빠졌어. 하늘소리는 섣불리 입 밖에 낼 수 있는 게 아니었거든. 평화를 상징하는 신물이 도대체 무엇인지 알 수가 없었어. 누가 이 신물을 만들어야 할 건가 고민에 빠졌지.

어라하가 박사들을 부른 거야.

"오늘 짐이 박사들과 의논할 게 있소. 백제가 대제국이 되었으니 이제 정복 전쟁을 멈출 것이오. 평화를 상징하는 신물을 만들어 담로에 보낼 생각이오. 어떤 신물이 좋을지 박사들 의견을 듣고 싶소."

"어라하께 아룁니다. 담로가 백제 제후국이라는 걸 상징할 수 있다면 신성한 물건인 동경이 좋겠습니다."

어라하는 고개만 주억였지.

"어라하께 아룁니다. 신물이라 하면 의례에 사용하는 금동신발도 좋겠나이다."

"어라하께 아룁니다. 똑같은 신물도 좋으나 각각 의미 있는 신물을 만드는 것도 좋을 듯합니다."

"박사들 생각은 잘 알았소. 와 박사가 여러 신물을 만들자는 생각이 좋소. 천문박사 생각은 어떠하오?"

"어라하께 아룁니다. 동명왕사당에 묻는 다음 아래겠사옵니다."

천문박사 일자는 어라하가 신물을 말할 때가 왔음을 예감했지. 고마가 태어나던 날이 생각난 거야.

"좋은 생각이오. 하늘 뜻을 알아보는 제를 올리도록 하시오."

일자는 동명왕사당으로 혼자서 들어갔어. 사흘 동안 신전에서 나오질 않았지. 가장 의미 있는 신물을 만들 사람이 고마라는 답이었어. 차마 어라하에게 말을 할 수 없었지. 어라하는 고마를 다음 왕으로 생각하고 있었기 때문이야.

고마는 한 해 한 해 어라하를 닮아갔지. 건장한 신체, 영민함에서 누가 봐도 다음 어라하였어. 만약 고마가 신물을 만들 인물이라면 야장이 되어야 해. 야장이 된다면 고마는 한쪽 다리를 쓰지 못하게 되지. 어쩌면 양쪽 다리를 쓸 수 없게 될지도 몰라.

나라에서 운영하는 대장간 야장은 한쪽 정강이를 부러뜨리는 의식을 치르거든. 나라 법으로 정해져 있어. 그러다 보니 능력 있는 젊은이들이 나라에서 운영되는 대장간 야장이 되는 걸 꺼렸지.

전쟁에서 첫 번째 포로가 대장장이야. 무기를 만들 수 있는 기술과 비법이 알려지면 안 되거든. 무기 만드는 기술은 그 나라 운명을 좌우하는 일급비밀이지. 다음으로는 여자였어. 대장간에 얼씬도 할 수 없었지. 전쟁에서 여자가 포로가 되는 경우가 많았어. 포로가 되었을 때 비밀이 알려질 수 있기 때문이야.

신물을 만들 사람은 당연히 다리를 쓰지 못하게 되지. 야장이 될 고마는 다행이라고 해야 하나, 운이 좋아야 한다고 해야 할까? 어라하는 얼마 전 야장에 관한 법을 바꾸었지.

"짐이 야장에 관한 법을 바꾸려 하오. 다리를 쓰지 못하도록 하다 보니 재능이 있음에도 야장이 되길 꺼리고 있소. 이제 야장에 관한 의식을 하지 않겠소."

다리를 쓰지 못하도록 하는 법을 바꾼 거야.

어라하는 동명왕사당에서 고마를 대장장이로 만들 것인지, 후계자로 삼을 것인지를 결정해야 했어. 고민에 빠졌던 어라하는 야장이 되겠다는 세자와 마지막이 될지 모르는 사냥을 하기로 했지. 말을 타고 활을 쏘고 마음껏 사냥터를 누벼보고 싶었어.

오늘따라 고마는 말에 날개가 달린 것처럼 산천을 날아다녔지. 말갈기는 용처럼 꿈틀거렸어. 고마 모습을 보고 있던 어라하는 혼자서 눈물을 훔쳤지.

눈에 넣어도 아까운 자식이 대장장이 길을 간다는 게 믿을 수 없었어. 꽃길을 마다하고 힘든 길을 가려고 한 거야. 차기 어라하가 된다고 꽃길만은 아니라는 걸 알아. 어쩌면 더 힘든 길이 될지도 몰라.

아주 큰 멧돼지 한 마리가 나타났지. 부자가 나란히 쫓아갔어.

서로 양보하며 활을 쏘지 않았지. 어라하가 뒤로 물러났어. 고마
가 쫓았지. 멧돼지가 전속력으로 벼랑 끝으로 내달렸어.

어라하는 잠시 멈춰 서서 하늘을 올려다봤지. 아들을 바라봤어.
벼랑, 고마를 불렀지. 나무들이 숨을 죽였어. 세상이 일순간 정지
상태가 된 거야.

"고마야~ 고마야~ 고마야!"

어라하가 부르는 소리는 메아리가 되어 돌아왔어. 고마는 소리를
듣지 못했지. 말과 함께 그대로 벼랑으로 달려버린 거야. 칠선녀계
곡, 죽음의 계곡이라 부르는 곳이었어. 그곳에 떨어져 살아남은 사
람은 지금까지 한 사람도 없었지. 짐승도 살아남지 못했어.

"하눌님이여, 잠시 당신 뜻을 저버리려 했나이다. 대가가 너무
가혹하나이다. 제발 목숨만이라도 붙어 있게 해주소서!"

어라하는 하늘을 올려다보며 울부짖었지. 메아리만 되어 돌아
왔어.

구다라 신녀에게 소서노 왕모께 고마 생사를 물으라 했으나 답
이 없었지. 하루하루가 피를 말렸어. 궁궐은 죽은 듯 고요했지. 발
걸음마저 조심스러웠어.

어라하가 사냥에서 고마를 잃고 실의에 빠졌지. 자신의 욕심으
로 아들을 잃었다고 후회했어. 눈빛이 달라지기 시작한 거야. 부
드럽던 얼굴에 괴팍한 그림자가 드리우기 시작한 거지.

평화를 외치던 어라하가 고마를 잃고 정복 군주가 돼버렸어. 그

동안 피를 보지 않고 승리를 이끌었던 성군 모습은 찾아볼 수 없었지.

신하들과 장군들은 어라하 앞에서 눈도 마주치지 못하고 벌벌 떤 거야.

무돌산 주검동

어강어강 다롱다롱 어강다롱 다롱어강

무돌산 무지갯빛 무등벌 에워쌀 때

하나 된 백성들 하눌님께 경배하네

어강어강 다롱다롱 어강다롱 다롱어강

현을 타며 노래하라 손을 잡고 강강술래

천세 만세 만만세 대백제여 영원하리

무겸이 고마가 떨어진 칠선녀계곡을 며칠 헤매다 입구를 찾았지.
푸른빛이 신비롭게 흘러나왔어. 불빛 속에 수많은 뼈가 무덤처
럼 쌓여있었지. 뼈에서 흘러나오는 빛은 마치 도깨비불 같았어.
칠선녀계곡은 죽음 계곡이란 말이 실감 났지.

　살아 움직이는 건 아무것도 없었어. 눈을 부릅뜨고 마음을 다해 샅샅이 훑어가며 톺아봤지. 무겸은 한숨만 나왔어. 그때였지, 갑자기 흰 호랑이가 나타난 거야. 눈이 부실 정도로 흰 털을 한 커다란 호랑이였지.

　무겸은 장군답게 활을 겨눴어. 흰 호랑이와 눈이 마주쳤지. 활을 들고 있던 팔에 저절로 힘이 빠진 거야. 감히 눈을 마주칠 수 없는 아우라가 뿜어져 나왔지. 호랑이가 아니라 신 앞에 서 있는 느낌이었어.

　무겸이 흰 호랑이를 정신을 놓고 바라봤지. 그때 눈에 익은 옷

소매가 보인 거야. 흰 호랑이 등에 업혀있는 고마를 본 거였어. 팔이 축 늘어진 모습, 살아 있는지 알 수 없었지. 무겸과 눈이 마주친 흰 호랑이가 고개를 한 번 주억거리더니 그대로 어디론가 가버리고 말았어.

"어라하께 아룁니다. 칠선녀계곡에서 흰 호랑이와 함께 계신 고마 왕자님을 뵈었습니다."

"무겸 장군, 고마 왕자가 살아있단 말인가? 오~ 하눌님 감사합니다!"

"어라하께 아룁니다. 고마 왕자 상태는 확인할 수 없었습니다. 흰 호랑이가 고마 왕자를 등에 업고 어디론가 사라져버렸습니다."

"무겸 장군, 구다라 신녀에게 곰제별궁에 물으라 하시오. 틀림없이 답을 줄 것이오. 어서 가서 알리시오."

어라하는 고마 왕자를 봤다는 무겸 말에 안절부절못하였지.

곰제별궁에 불이 밝혀졌어. 구다라 신녀는 소서노 왕모에게 고마와 흰 호랑이가 어디로 갔는지 물었어. 살았는지 죽었는지를 물었지.

소서노 왕모는 답을 주지 않았어. 사흘째가 되던 날 밤이었지. 구다라 신녀에게 소서노 왕모가 꿈결처럼 말했어. 서둘러 곰제별궁을 나왔지.

"구다라 신녀님, 소서노 왕모님 답은 들으셨소?"

곰제별궁을 나오는 신녀를 보자마자 어라하가 물었어.

"어라하께 아룁니다. 흰 호랑이를 산신으로 모시는 산은 세 곳입니다."

"어느 산입니까?"

"어라하께 아룁니다. 삼한시대부터 하늘에 제사를 지내오는 천제단이 있는 산입니다."

"오~ 그렇다면 북쪽에 있는 구월산과 묘향산, 마한을 병합한 지역 무돌산이겠군요."

옆에 있던 일자가 말했지.

"맞사옵니다."

"구다라 신녀는, 어떤 산을 가야 하겠소?"

신녀는 한참 동안 생각에 잠겼어.

"구다라 신녀님 어서 말해주시오."

무겸이 재촉했지.

"어라하께 아룁니다. 소인도 어떤 산인지는 모르옵니다. 구월산은 환인, 환웅, 단군 세 분을 모시는 삼성사가 있사옵니다. 묘향산에는 단군굴이 있사온데 단군께서 임금이 되기 전, 활을 쏘고 무예를 닦은 곳입니다. 무돌산은 소도가 있습지요. 백성들이 산성을 쌓고 대백제 태평성대를 노래한 곳입니다. 세 곳 모두 신령한 산이오나 답을 주지 않으셨나이다. 고마 왕자가 살아 계신지 아직 알 수 없사옵니다."

"구다라 신녀는 어느 산부터 가는 것이 좋다고 생각하시오?"

"어라하께 아룁니다. 소인 생각은 북쪽에서부터 내려오는 게 시간을 절약할 수 있을 것으로 생각되옵니다."

"무겸 장군은 서두르시오. 혼자서는 어려울 테니 군사와 함께 떠나시오."

"어라하께 아룁니다. 신령한 산을 소란하게 해서는 안 됩니다. 무겸 장군 혼자 가서야 합니다."

"무겸 장군, 괜찮겠소?"

"어라하께 아룁니다. 고마 왕자님은 소인과 어려서부터 함께 하여 꼭 찾을 수 있을 것입니다. 분부 받잡고 길을 떠나겠습니다."

무겸이 구월산에서 석 달 열흘, 묘향산에서 석 달 열흘을 보냈지만, 고마를 찾지 못했어. 흰 호랑이도 만나지 못했지.

무겸은 마지막으로 무돌산 앞에 섰어. 구월산과 묘향산 두 곳에 없었으니, 무돌산이 분명하다 믿었지. 간절한 마음으로 기도한 후 무돌산 무돌궁으로 들어가려 했어. 소도 입구는 덩굴식물로 얽히고설켜 있었지. 안으로 들어갈 수 없을 정도로 원시림이었어.

고마가 혼자 있을 때면 손바닥을 들여다보는 거야. 아리는 조용히 지켜봤지.

"신녀님 덕분입니다. 다리가 다 나았습니다. 몸도 완전해졌고요. 이곳을 떠나겠습니다."

"야장이 되고 싶으시군요?"

아리가 대뜸 한 마디 던졌어. 고마는 놀라고 말았지.

"그것을 어떻게 아셨습니까?"

아리는 목걸이를 만지작거리며 소리 없이 웃었어. 목걸이가 반짝 빛을 냈지.

"이곳에서 생각하신 일을 해 보시는 것은 어떠신지요?"

아리는 고마에게 무돌산에서 하고 싶은 일을 해 보라고 했어.

"고맙습니다. 생각해보고 말씀드리겠습니다."

고마는 그것도 괜찮겠다는 생각이 든 거지. 어라하에게 야장이 될 수 있다는 걸 보여주고 싶었거든. 자신이 살아있는 것은 무돌산 덕분이었기에 이곳에서 꿈을 펼쳐 보고 싶다는 결정을 한 거야.

고마가 손바닥을 내려다봤어. 붉은 점에서 작은 불꽃이 피어나더니 붉은 용 두 마리가 나타나 고마를 빙빙 감싸고 돌았지. 고마가 대장간만 생각하면 나타나는 현상이었지.

"신녀님께 어려운 부탁을 드립니다. 대장간으로 쓸 수 있는 곳이 있을까요?"

고마는 아리에게 대장간으로 쓸 수 있는 곳을 부탁했어.

"소도 안 입구에서 왼쪽으로 난 길에 바위굴이 있지요. 굴 안으로 들어가면 넓은 평지가 나옵니다. 오래전 대장간으로 사용되기도 했지요. 땔감 구하기도 쉽고 물이 있어 담금질하기에도 편리합니다."

고마가 무돌산에서 봄, 여름, 가을을 보내고 있을 때였지. 고요하던 무돌산에 방울 소리가 울리고 북소리가 울려 퍼졌지. 소도 안으로 누군가 들어오겠다는 신호야.

　　　이곳은 기도하는 곳이므로 일반 사람은 들어올 수 없
습니다. 들어올 때는 솟대에 걸려 있는 청동 팔주령을
흔들고 북을 세 번 치십시오. 허락할 때까지 말을 해서
는 안 됩니다!

　무겸은 무돌궁 소도 앞에 섰어. 무돌산은 고마를 찾을 수 있는
마지막 장소야. 무겸은 간절하게 기도하면서 둥~ 둥~ 둥~ 세 번
의 북을 울렸지.
　"무돌궁 안이 한바탕 시끄러워지겠는 걸. 아저씨, 사람 찾아왔
네."
　예랑이 무돌궁 입구에서 무겸을 보자 검지로 입을 막았어. 말을
하지 말라는 뜻이지.
　"아저씨야는 아직 말을 해서는 안 되지. 대장 신녀 허락이 떨어
져야 말을 할 수 있어."
　예랑은 빙의가 될 때면 목소리가 달라져. 아기 목소리를 낸 거
야. 아리가 다가왔어. 무겸에게 고개를 숙였지. 아리는 예랑 등을
토닥였어. 예랑 표정이 바뀌고, 목소리도 어른스러워졌지.

　　　　　　칠지도, 61자 비밀

예랑이 무겸에게 공손히 절을 하고 앞장을 섰어. 아리가 무겸에게 따라가라는 신호를 했지. 무겸이 얼떨한 표정으로 말없이 따라갔어. 아리는 무겸과 눈을 마주친 순간 고마를 찾아왔다는 걸 안 거야.

아리는 사람 마음을 읽고 예랑은 하늘 소리를 들어. 무돌궁 안에서 가끔 시끄러운 일이 벌어지곤 하지.

고마는 무돌산에서 훌륭한 대장장이가 되어 어라하 앞에 나서겠다는 다짐을 했어. 아리에게 고마움 표시로 거울을 만들어줬지. 아리가 거울을 받고 나라에서 가장 훌륭한 야장이 될 거라 말해준 거야.

무돌산에서 하루하루가 어떻게 지나는지 모르게 행복했어. 대장간에서 무엇인가 만들어질 때마다 창조자가 된 기분이었지.

무겸과 고마가 드디어 만났어. 두 사람은 부둥켜안고 한참 동안 말이 없었지. 말이 필요가 없었거든.

"무겸 장군님, 저를 찾아 주셔서 고맙습니다. 죽음 직전에 살아나 다짐한 것이 있습니다."

"고마 왕자님 야장이 되고 싶으신 것입니까?"

"무겸 장군은 제 생각을 아셨군요. 예, 맞습니다. 이곳에서는 딱쇠라 부릅니다."

고마가 무겸 귀에 대고 작은 소리로 말했어.

"왕자님 가난 아기 때부터 함께였는데 어찌 생각을 모르겠나이까."

"쇠만 보면 손바닥과 가슴이 뜨거워집니다."

무겸은 고마를 바라보며 생각에 잠겼지.

"잘 아시겠지만, 어라하께서는 다른 생각을 하고 계십니다."

무겸은 고마를 어라하 뒤를 잇게하려고 생각한다는 것을 입으로 말하지 못했어. 고마가 태어나던 날을 떠올렸지.

칠지도, 61자 비밀

"알고 있습니다. 하지만 전 야장이 되고자 합니다."

무겸은 고마 생각을 듣고 고개를 끄덕였어.

"어라하께서 평화를 상징하는 신물을 만들 대장장이를 모집할 계획이십니다. 신물을 만들어 스물두 개 담로에 보낼 생각이십니다. 다물단에서 신물을 만들 사람들을 뽑을 계획입니다."

"무겸 장군, 신물 대회에 참가해 아바마마께 인정받고 싶습니다."

"왕자님은 어라하께 꼭 인정받을 수 있으실 것입니다."

무겸은 고마를 적극적으로 응원했지.

무겸은 궁으로 달려가 고마가 살아 있다는 걸 알렸어.

"짐이 당장 무진주로 달려가 고마 왕자를 만나야겠다."

"어라하께 아룁니다. 고마 왕자님은 계획이 있으십니다. 그 계획을 이루고 반드시 궁으로 돌아오실 것입니다. 믿고 한 번 기다려보시지요."

어라하는 가슴을 쓸어내렸지. 막혔던 가슴이 뻥 뚫렸어. 한편으로는 이젠 정말 고마가 야장이 될 거라는 생각에 심장이 쪼그라들었지. 그래 살아 있다는 걸 감사하자 했어.

고마는 무돌산을 내려와 대장간을 찾아보기로 했지. 망치 두드리는 법, 담금질을 정교하게 배워볼 참이었거든. 무진주는 백제가 마한을 병합한 땅이었지.

마한 땅은 질 좋은 철이 나는 곳이 많았어. 큰 강을 끼고 있어 국제시장이 발달 된 곳도 있다는 걸 알았지. 철산이 있는 곡나를

가보는 것은 두 번째 목표했어.

무돌산을 내려온 고마는 눈을 의심했지. 넓은 벌판, 풍부한 물,
농사짓기에 안성맞춤인 땅이었어. 무돌산 바로 아래에 큰 마을이
있었던 거야.

또 하나 별똥별 주인

어강어강 다롱다롱 어강다롱 다롱어강

무돌산 무지갯빛 무등벌 에워쌀 때

하나 된 백성들 하눌님께 경배하네

어강어강 다롱다롱 어강다롱 다롱어강

현을 타며 노래하라 손을 잡고 강강술래

천세 만세 만만세 대백제여 영원하리

무돌산에서 내려온 고마는 눈이 휘둥그레져 살짝 두려움을 느
꼈어. 사람이 많아 이리저리 밀렸지. 메고 있던 보따리가 바닥에
떨어졌어. 지나가던 사람 발길에 걸려 멀리 날아갔지. 재빨리 달
려가 보따리를 주어 어깨에 멨어.

아리가 곡나로 가기 전 무진주에 있는 대장간을 가보라 했지. 무진주는 한성만큼이나 번화한 곳이었어. 그때였지, 고마 또래로 보이는 한 소년과 부딪쳤어.

"미안해. 잠깐만, 대장간을 찾고 있어."

그냥 가려는 소년을 붙들었지. 뒤돌아보는 소년은 눈빛부터가 예사롭지 않았어. 고마는 신분을 밝히지 않았지.

소년은 대답하지 않고 고마를 흘겨봤어.

"이곳에 유명한 대장간이 있다고 하던데 어디로 가면 될까? 아, 이름이 뭐니?"

"이름은 알아서 뭐 하려고."

시큰둥하게 대답했지.

"나와 또래인 것 같은데 친구 할까?"

"처음 만난 사람끼리 친구는 무슨 친구. 이곳 사람 같지 않은데. 널 어떻게 믿고, 친구야? 실없는 놈."

"이곳에서 쇠를 다루는 법을 배워보려고 왔어. 어디로 가면 될까?"

소년이 경계하는 눈초리로 고마를 머리부터 발끝까지 훑어봤어.

"아무나 대장간에서 일할 수 없다는 건 알겠지?"

목소리에 힘이 있었지. 눈빛에 다시 힘이 들어갔어.

"그건 나도 알아. 꼭 쇠를 다루는 법을 배워보고 싶어서 그래.

도와줘."

"신분을 보장해줄 사람이 있니?"

고마는 무겸이 생각났지. 무겸이 한성 궁으로 떠난 사이에 무돌산을 내려왔어. 백제 왕자라고 말을 한다고 해도 믿어줄 것 같지 않았지. 사실 그러고 싶지 않았거든.

"대장간에서 쇠 다루는 법을 배우려면 신분을 보장해줄 사람이 필요할 것입니다. 혹시 모르니 편지를 써드릴게요. 한성 궁에서 무진주 관리로 내려와 계신 분을 만나 보십시오. 하지만 신분을 밝혀서는 안 됩니다."

고마는 아리가 써준 편지가 생각났어.

"한성에서 내려오신 분이 계시지. 그분 집이 어디야?"

"그건 왜?"

토끼 눈을 하고 고마를 쳐다봤지.

"그분을 만나 뵙고 말씀드리고 싶어서."

"만나고 싶다고 다 만날 수 있는 분이 아니야."

"나도 그 정도는 알지. 집만 알려줘."

"마을 끝에 큰 기와집이 있어. 그곳으로 가봐. 내 이름은 두두야."

두두는 아주 귀찮은 얼굴로 이름을 알려줬어. 15년 전 세 개 별 똥별 중 한 사람이야.

"나는 딱쇠야. 이름이 두두라고? 이름 멋지다. 두드린다는 뜻이

구나."

"귀신이네. 그걸 어떻게 알았지. 맞아."

두두는 자기 이름 의미를 알아주는 고마에게 조금 부드러워졌지. 얼굴이 환해져서 길을 갔어.

두두가 알려준 집은 대문이 어마어마하게 컸지. 한성에 있던 좌평 집과 같은 거야.

"대감마님 한 소년이 뵙기를 청합니다요."

대감은 대장간을 관리하는 좌평이었어.

"도대체 누구인데 이 해 질 녘에 나를 찾는단 말이냐?"

고마가 좌평 앞에 큰절을 올리고 당당하게 섰지.

"하하하, 고놈 눈빛 한번 좋구나. 그래 무슨 일로 나를 찾아온 것이냐?"

"좌평 어르신 대장간을 관리하고 계신다는 것 압니다. 소인이 그곳에서 쇠를 다루는 법을 배우게 해주십시오."

"허허허, 이놈 보게. 농사짓는 농기구 만드는 곳은 아닐 테고 무기 만드는 대장간이렷다."

"맞습니다. 좌평 어르신."

"무기 만드는 대장간을 아는 걸 보니, 그곳은 신분이 확실해야 한다는 것 알겠구나."

"그렇습니다. 좌평 어르신께 보이라는 서찰이 있습니다."

"그래. 어디 한번 보자 구나."

아리가 써준 편지를 보따리에서 찾았어. 편지가 감쪽같이 사라지고 없었지.

당황하여 보따리를 뒤지는 고마를 본 좌평은 호통쳤어.

"네 이놈, 넌 누구냐? 간자가 아니더냐. 대장간에서 일하고자 하는 이유가 무엇이냐?"

고마는 변명도 못 하고 쫓겨났지.

갈 곳이 없던 고마는 좌평 집 대문 앞에 앉아 하룻밤을 보낼 수밖에 없게 되었어. 가진 돈도 잃어버렸거든. 주막에서 잠을 잘 수도 없었어. 차라리 잘 됐다고 생각했지. 날이 밝으면 다시 좌평 어른을 만날 참이었거든.

좌평은 아침을 먹고 대장간을 둘러보기 위해 대문을 나섰어.

"좌평 어르신 밤새 평안하셨습니까?"

고마는 큰소리로 인사를 했지.

"아니, 넌 어제 그 아이가 아니냐. 어찌 이곳에 있는 것이야?"

"다시 한번 부탁드립니다. 대장간에서 쇠 다루는 법을 배우게 해주십시오."

"나라 규정이 그러하니 어쩔 수 없다. 신분이 확실해야 일을 배울 수 있어."

"소인도 잘 압니다. 무돌산 무돌궁 불신녀께서 서찰을 써 주셨으나 잊어버렸습니다."

"무돌궁 불신녀라면 아리 신녀를 말하는구나. 그렇다 하더라도 증거가 없으니 어찌 믿는단 말이야. 그리고 불신녀를 아무나 만날 수 있다더냐?"

"좌평 어르신 그럴만한 사연이 있사옵니다."

좌평 어르신은 고마를 남겨 두고 마차를 타고 가버렸지.

고마는 포기할 수 없다고 생각하며 대문 앞을 쓸었어. 해넘이가 되어 좌평은 집으로 돌아왔지.

"좌평 어르신 잘 다녀오셨습니까?"

"아니, 아직 안 가고 여기서 뭘 한 게야?"

"대감마님, 이 아이가 대문 앞을 쓸고 온종일 집안 허드렛일을 거들면서 기다렸습니다요."

좌평은 집사에게 고마에게 잠자리를 내주라고 했어. 고마는 어느 정도 희망이 있다고 생각했지.

아침이 되어 좌평은 고마를 불렀어.

"네 신분을 알 수 없으니 무기 만드는 대장간에서는 일을 할 수 없다. 우선 농기구 만드는 곳에서 일해보겠느냐?"

"좌평 어르신 고맙습니다. 그리하겠습니다."

"네 이름이 무엇이냐?"

"고~ 아, 딱쇠라 하옵니다."

"보기와는 다른 이름이구나."

"좌평 어르신, 사람들도 서를 있는 집 자식으로 봐줍니다."

좌평은 고마가 자신 생각을 꿰뚫어 본 걸 기특하게 생각했지.

다음 날 고마는 대장간으로 갔어.

"어, 어제 그 아이네."

두두를 대장간에서 다시 만난 거야.

"두두야, 나 딱쇠야."

두두는 어려서부터 대장간에서 살았다고 해. 아버지가 마한 대장간 야장이었기 때문이야. 어머니도 대장간에서 일했지. 마한은 여성도 대장장이가 될 수 있었거든. 여전사도 있었으니까. 두두 부모는 두두에게 신미국에서는 우물 안 개구리밖에 되지 않는다고 좀 더 넓은 무진주로 보낸 거야.

두두는 나이에 비해 어른스러웠어. 머리도 좋고 눈치가 빨라 일을 곧잘 했지. 또래에서 단물단에 들어갈 수 있는 사람을 꼽으라면 당연 두두였어.

고마는 무돌산에서 잡았던 작은 망치와 다르다는 걸 알았지. 큰 망치가 익숙하지 않아 힘이 들었어. 말타기나 활쏘기라면 그 누구에게도 지지 않을 자신이 있었지. 일이 힘은 들었지만 신기하고 재미있었어. 모르는 것이 있으면 일부러 두두에게 물었지. 처음에는 쌀쌀맞게 대하던 두두가 조금씩 곁을 내주었어.

고마가 잘못하고 있을 때면 물어보기 전에 가르쳐줬지. 서로 쇠에 관해 이야기를 나눌 때면 두 사람 눈은 반짝반짝 별처럼 빛이 났어. 두 사람이 친해진 어느 날이었지.

"두두야, 우리 씨밀레가 되자."

"딱쇠야, 나도 그 생각을 했는데."

두 사람은 씨밀레가 되기로 다짐했어. 영원한 친구라는 뜻이야.

어라하가 무절에서 다물단을 모집한다는 방이 붙었어. 나라에서 특수한 무절을 뽑는다는 내용이었지. 고마와 두두는 함께 지원했어. 다물군은 남성이면 누구나 시험을 볼 수 있었지.

선발된 사람들은 교육을 통해 팔십팔 명이 남게 된다고 했어. 이후 다시 사십사 명이 남아 최종적으로는 시합을 통해 스물두 명이 다물군이 되어 어라하 어명에 따라 신물을 만든다고 했지.

어라하는 신물을 만들어 제후국에 보낸 뒤 백제가 평화를 사랑하는 나라가 될 것임을 세상에 알릴 목적이었거든.

고마와 두두는 모든 성적에서 통, 대통. 모든 과정을 마치고 사십사 명 속에 들었어. 숙제가 주어져 시간은 일주일, 서로 비밀을 지키기 위해 각자 공간을 줬지. 상대가 어떤 것을 만드는지 볼 수 없게 말이야.

고마는 24시간 하루를 보내고도 결정을 내리지 못했어. 두두도 머리를 싸매고 있었지. 또 하루가 훌쩍 가버렸어. 3일째가 됐을 때 두 사람 공간에서 망치 소리가 들려오기 시작했지. 망치 소리가 서로 주고받는 음악처럼 울려 퍼졌어.

고마와 두두가 작업을 마무리하고 해쓱해진 얼굴로 나온 거야.

고마는 어라하와 1년 6개월 만에 얼굴을 마주했어. 서로 아는 체하지 않았지. 마음은 얼싸안고 싶었지만 표현하면 안 됐거든. 어라하 눈에 고마는 못 본 사이 더 늠름해져 있었어.

'대장장이감이 아니다. 백제 큰 어라하가 될 인물이다.'

어라하는 못내 아쉬웠지.

각자가 만든 작품을 내보였어. 가장 눈에 띄는 작품은 고마와 두두였지. 두 사람은 칼을 만들었어. 쌍둥이처럼 닮아 있었지. 칼

끝이 두 개로 나눠진 칼이었어.

"자신들이 만든 작품을 설명하라. 두두부터 설명해 보라."

"하나 몸통에서 끝이 갈라진 건 백제 스물두 개 담로가 화합과 소통을 한다는 의미입니다."

어라하가 고개를 끄덕였지.

"다음은 딱쇠가 설명해 보라."

'아니 고마라는 이름을 두고 딱쇠라니?'

어라하는 잠시 고개를 숙였다가 들었어.

"딱쇠라 하옵니다. 하나 칼자루에 끝이 둘인 것은 스물두 개 담로가 하나의 백제국이나 각자 개성을 존중한다는 의미입니다."

'아, 고마는 내 뒤를 이를 어라하가 될 수 있는 재목이다. 어찌하여 야장이 되어야만 할 운명을 타고났단 말인가?'

어라하는 다시 한번 마음속으로 하늘을 원망했지.

고마와 두두는 작품에 대한 설명은 비슷했지만, 달랐어. 어라하는 두 사람에게 똑같은 상을 내렸지.

다물단에 들어갈 수 있는 사람은 고마와 두두를 포함해서 사십사 명이었어. 아직 거쳐야 할 시험이 남아 있었지. 백제 신물을 만드는 사람은 스물두 명이니까.

"딱쇠와 두두는 무진주로 간다. 그곳에서 갈고닦은 실력을 겨루게 된다. 두 사람 중 한 사람은 신물을 만들게 될 것이다."

고마는 어라하께 큰절을 올리고 무돌산으로 향했어.

씨밀레 최후 결전

어강어강 다롱다롱 어강다롱 다롱어강

무돌산 무지갯빛 무등벌 에워쌀 때

하나 된 백성들 하눌님께 경배하네

어강어강 다롱다롱 어강다롱 다롱어강

현을 타며 노래하라 손을 잡고 강강술래

천세 만세 만만세 대백제여 영원하리

"오빠야, 오빠야는 아니야. 여기 오지마. 하늘이 선택한 사람은
이 오빠야."

고마와 두두가 다물단 제단에 고하러 갔을 때 두 사람을 보고
예랑이 한 말이었지. 아리가 손가락으로 입을 가리켰어. 예랑이

놀라며 입을 꾹 다물었지.

고마와 두두가 쌍둥이처럼 생활을 시작했어. 망치질과 담금질 하는 곳은 서로 달랐지. 각자 하늘 뜻을 묻고 답을 기다리며 신물을 만들기 위한 1차 작업에 들어갔어. 빛이 중요하다는 것에는 둘 다 생각이 같았지.

어라하는 어떤 신탁을 받았을까? 두 사람은 각자 생각하고 있는 칼을 시험 삼아 만들어보기로 했지. 신물은 생각보다 쉽지 않았어.

고마는 날이 갈수록 초조했지. 몸도 마음도 지쳐 갔어. 칼은 손쉽게 만들어졌으나 원하는 칼이 아니었지. 죽어있는 빛이었어.

두두도 초조하기는 매한가지였지. 고마와 똑같은 상황이 벌어진 거야. 두 사람은 우선 재료인 쇠에 문제가 있음을 알아냈어.

각자 철을 구하기 위해 무돌산을 내려갔지. 두두는 곡나로 바로 갔어. 어려서 아버지에게 그곳의 철이 가장 질이 좋다는 말을 들었거든. 다른 나라에서 철을 구하러 올 정도라고 했지. 국제시장이 열리고 외국인들이 정착해 살기도 한다는 걸 알았거든.

덩이쇠를 구해 무돌산에 돌아온 두두를 보고 예랑은 이상한 소리 했어.

"신검을 가진 자 일곱 땅을 다스리는 제왕이 된다!"

두두 가슴이 방망이질해댔지. 가슴 깊은 곳에서 뜨거운 것이 올라왔어. 목지국 옛 명성을 찾기 위해 신미국에 많은 사람이 있었거든. 마한 옛 명성을 되찾을 날을 꿈꾸고 있는 사람들.

"신검을 가진 자 일곱 땅을 다스리는 제왕이 된다!"

예랑 말이 두두 가슴을 흔들어 논 거야. 대장간으로 돌아왔지만, 예랑 말 때문에 망치질을 할 수 없었지. 눈이 흔들리고, 가슴이 흔들리고, 자꾸만 손이 떨렸어.

가부좌를 틀고 마음을 진정시켰지. 망치질을 시작했어. 마음이 평온해지자 망치질 소리가 경쾌하게 무돌산에 울려 퍼졌지.

두두가 돌아오고 고마가 무돌산을 터벅터벅 내려갔어. 철이 나온다는 변한 지역으로 가볼 참이었지. 그때였어. 흰 호랑이가 나타나 등을 내밀었지.

"안녕? 무돌. 잘 있었어."

고마는 흰 호랑이를 무돌이라 불렀어. 고마가 무돌 등에 올라앉자 깜짝할 사이 충청도였지.

먼저 덩이쇠들을 둘러봤어. 원하는 쇠가 아니었어. 철은 많으나 빛이 탁했거든. 정련(정제하여 순도 높은 금속을 뽑아내다)을 잘하면 좋은 재료가 될 수 있겠지만 시간이 너무 많이 걸릴 것 같았지. 덩이쇠 앞에서 이리저리 만지작거리는 고마를 보고 주인장이 말했어.

"섬진강 쪽에 있는 곡나로 가보소. 그곳에 원하는 철이 있을 것이오. 다른 나라에서도 철을 사러 오는 곳이오."

고마가 섬진강 곡나로 가려고 할 때 다시 무돌이 나타난 거야.

눈 깜박할 사이도 없이 곡나에 도착했어. 고마는 깜짝 놀라고 말 았지. 다른 나라에서 들어와 있는 배들이 수십 척이었거든. 국제 시장이 있는 곡나에는 다른 나라 사람들도 많았어. 한성과는 비교가 안 됐지만 한성처럼 발전된 곳이었지.

덩이쇠를 꼼꼼하게 살폈어.

"무엇을 만들려고 그러신가? 얼마 전 이곳에서 덩이쇠를 사 간 청년이 있어지라."

고마는 두두가 먼저 다녀갔다는 것을 알게 됐지. 고마도 서둘러 덩이쇠를 구했어. 무돌이 다시 나타나 무돌산에 내려주고 사라졌지.

고마가 덩이쇠를 구해 돌아오자 예랑이 두두에게 했던 말을 똑같이 한 거야.

"신검을 가진 자 일곱 땅을 다스리는 제왕이 된다!"

아리가 손가락을 입에 대고 고개를 가로저었어.

"아니야, 하늘이 내게 그랬어. 신검을 가진 자 일곱 땅을 다스리는 제왕이 된다."

다른 때는 아리가 고갯짓하면 멈추던 예랑이 입을 다물지 않았지.

고마가 대장간으로 돌아와 일을 시작하려 할 때 예랑 말이 떠올랐어. 덩이쇠를 두 손으로 감쌌지. 덩이쇠가 손안에서 뜨거워졌어. 깜짝 놀라 담금질 물에 던졌지. 물속에서 붉은 용이 나타나 고마를 감싸고 돌다 대장간을 빠져나갔어.

고마는 좋은 칼을 만들 수 있을 거란 예감이 든 거야. 고마는 철을 구해왔을 때부터 두두가 멀리한다는 느낌을 받았지.

잡념을 버리고 망치질에 집중했어. 덩이쇠는 부드럽게 느껴졌지만, 의외로 단단했어. 망치질에서 강약을 조절하기 힘들어 두두에게 물어보는데 외면한 거야.

"딱쇠 오빠야는 왕족이다. 이름도 딱쇠가 아니야."

예랑이 신검을 가진 자 일곱 땅을 다스리는 제왕이 된다는 말을 한 다음 돌아서 가는 두두 귀에 대고 한 말이야.

"난 아니라는 말이군."

고무풍선에서 바람이 빠지는 느낌이었지. 고마에게 배신당한 것 같았어.

"영원한 친구? 무슨 씨밀레야."

두두는 화가 치밀어 돌멩이만 발로 걷어찼지. 두두는 차분하다가도 화가 나면 그 화를 이기지 못했어.

"딱쇠 오빠야도 신물 주인은 아니다."

예랑이 두두에게 작은 소리로 말한 거야. 두두 가슴이 다시 방망이질해댔지. 한 나라 제왕이 될 수 있다는 말에 희망이 생겼거든.

곡나를 다녀온 지 백일째 되는 날이 시합 날이야. 보름달이 떴어. 고마와 두두는 각자 만든 칼을 가지고 나왔지. 다물단 위에 올려놨어. 이번 역시 한 사람이 만든 것처럼 똑같았지. 한 가지 다른 점이 있었어. 빛이 달랐지. 고마는 청동빛, 두두는 회색빛이었어.

제단 위에 올려진 칼을 불러와야 해. 소리를 내어서는 안 돼. 간절한 마음으로 칼이 떠오르기를 기도했지. 두 사람 다 같은 마음이야. 두 개 칼이 동시에 움직였어.

'조금만 더. 조금만 더 위로 떠오르소서!'

두 사람은 각자 마음속으로 기도한 거야.

두 개 칼이 일 미터쯤 떠올랐지. 상대방 칼을 공격할 차례야. 두 칼이 허공에서 탁 부딪쳤어. 아, 3초도 안 되어 바닥으로 툭. 너무도 허무하게 끝나버렸지. 고마와 두두는 실망하고 똑같이 자리에 앉아버렸어.

일 초만 더 고마 칼보다 버텨줬더라면 좋았을 텐데. 두두는 억울한 생각이 든 거야. 눈물이 났어. 각자 작업장으로 돌아가 어떤 점이 문제였는지 분석했지.

고마는 두두 칼을 보고 깜짝 놀랐어. 자신이 만든 것보다 훌륭했다고 생각한 거야.

'두두 칼이 바닥으로 떨어지던 순간 빛을 봤어. 희미했지만 분명히 빛이 흘러나왔지. 내가 만든 칼은 아무 빛도 내지 못했어. 어떤 부분에서 차이가 났을까? 담금질이었을까, 망치질이었을까?'

시합하고 난 후 두두는 말을 하지 않았어. 입을 일 자로 꾹 다물고 화난 사람처럼 지냈지. 고마는 작업장 밖을 나가지 않았어. 그곳에서 먹고 자고 했지.

작업장에서 힘이 빠져 있을 때마다 무돌이 찾아왔어. 무돌을 타고 마실을 다녀오듯 무돌산을 한 바퀴 돌았지. 시무지개폭포에서 몸을 씻고 물을 마시고 돌아왔어. 답답했던 가슴이 시원해졌지. 힘이 솟았어. 망치질을 다시 시작했지. 경쾌한 쇳소리가 무돌산에 울려 퍼졌어.

가을 제사가 있는 시월에 결정의 날이었지. 야금술은 고마와 두두가 비슷했어.

'마지막 시합은 딱쇠가 유리할 거야. 건길지 아들이니까. 무겸은 딱쇠 스승이잖아. 분명 딱쇠에게 유리한 판결을 할 거야.'

두두는 불안감을 떨치지 못했지. 고마를 이겨야 한다는 마음이 강해질 때면 망치질마저 불안해졌어. 자꾸만 망치질이 빗나갔지.

오월 제사는 볍씨를 뿌리기 전이라 엄숙했어. 시월은 추수한 후라 축제였지. 온 나라 안이 잔치였어.

고마가 태어나고부터 벼농사는 해마다 잘됐지. 비가 농사짓기에 알맞을 만큼 내려주었거든. 사람들 마음은 넉넉했지.

무돌산에서 제사가 끝나면 산 아래는 굿판이 벌어졌어. 남녀노소가 한자리에 모였지. 사람들은 음식을 나누고 춤추며 놀았어. 청춘남녀들 만남의 장이기도 했지.

그동안 고마와 두두는 새로운 칼을 만들었어. 몇 차례 시행착오를 겪긴 했지. 무겸과 신녀들이 모인 자리에서 드디어 두 사람이 겨누게 됐어. 밤 열두 시 오늘과 내일, 어제와 오늘, 경계. 두 개 칼을 제단에 올려놓고 두 사람은 서석궁 마당에 서서 자신의 칼을 불렀지. 칼이 밖으로 나오면 그때부터 겨루게 되거든.

"신검을 가진 자는 일곱 땅을 다스리는 제왕이 된다."

머릿속에서 떠나가지 않은 말이 두두 마음에 다시 고개를 들었어. 두두도 마한을 되찾고 싶었지. 한 나라의 군주가 될 수도 있겠다 싶은 거야.

신물을 만들 수 있는 사람은 누가 될 것인가? 오늘이 마지막 경합이야. 사십사 명에서 스물두 사람만이 남게 되지.

천제단에 아리가 제를 올린 후 고마와 두두가 다물단으로 들어갔어. 야장이 제사장이지만 오늘은 특별한 날이거든. 커다란 보름달은 차갑게 느껴졌어.

심판관은 좌평과 무겸이지. 두두는 고마 스승 무겸이 심판관인 게 조금 불안했어.

'좌평은 나를 믿고 예뻐하는 사람이라 괜찮아.'

두두는 이내 공정한 심판을 할 것이라 믿기로 했지.

서석궁 마당에 모처럼 무돌궁 사람들이 다 모였어. 경합이 시작할 시각이야.

고마와 두두가 다물단에 각자 칼을 두고 나와 달빛 아래 섰지. 두 사람은 숨을 죽였어. 자리에 모인 사람들이 숨소리도 내지 않았지. 시합이 끝나면 둘 중 한 사람은 무돌산을 내려가고 한 사람은 남을 거야.

보름달이 조금씩 구름에 가려졌지. 달가림이 시작됐어. 아주 붉은 초승달이 된 거야.

"초승달은 좋은 징조지요. 상서로운 붉은 빛은 더욱 그렇습니다."

아리 말이 끝나자 휙~ 바람 소리를 내며 두 개 칼이 모습을 드러냈어. 두 개 칼은 쌍둥이 같았지. 세 개로 갈라진 삼지창이었어.

칠지도, 61자 비밀

고마와 두두는 각자 칼 앞으로 갔지. 칼을 겨눌 때 사람 몸을 상하게 해서는 안 돼. 칼끼리만 부딪쳐야 하지. 두 칼이 가운데가 부딪치며 불꽃을 터뜨렸어. 보는 사람들은 숨을 죽였지.

아리가 어둠 속에서 지켜보다가 두두 마음을 읽었어.

'두두님이 너무 욕심을 부렸구나.'

가슴에 통증이 일어 고통스러웠지.

'이 사람 오늘 참 많이 슬퍼지겠구나. 그래도 반드시 일어설 거야.'

고마 마음을 읽었어.

아리는 두 사람 마음을 읽었지만 말할 수는 없었지.

고마와 두두 칼이 가운데가 부딪히면서 하늘로 솟았다 아래로 떨어졌어. 띵~응응응 윙윙윙~ 깊은 여운이 끝없이 이어졌지.

"아뿔싸! 알라차, 알라차!"

아리는 작은 탄성을 냈어. 숨이 턱 멈췄지. 고마 칼이 두 동강이 난 거야.

승리한 두두가 웃었어. 웃음이 불편했지.

"저, 오빠야가 사기다."

예랑이 손가락으로 두두를 가리킨 거야. 아리가 예랑 입을 막았어.

"아리 언니야는 맨 날 맨 날, 말을 못 하게 해. 언니야는 나빠."

두두 얼굴은 이긴 사람 표정이 아니었지.

"두두는 나물군에서 어라하 병을 받들어 신물을 만들라. 정식으로 다물군이 되었다."

심판관 좌평 말에 침착한 성격 두두가 안절부절 못한 거야.

'무엇이 잘못된 걸까? 손바닥이 부르터 피가 흐르도록 망치질 했는데. 아버지에게 꼭 야장이 될 수 있음을 증명해 보이려 했는데, 꿈이 사라졌어. 망치질에 따라 철은 단단해진다고 했는데. 덩이쇠가 문제였을까?'

고마는 죽고 싶을 만큼 실망했어. 사흘 동안 밥도 먹지 못하고 물도 마시지 못했지. 궁으로 돌아갈 생각을 하니 가슴이 답답해졌어. 이번 기회에 아버지에게 야장이 되는 걸 꼭 허락받고 싶었거든.

"오, 무겸 장군, 그것이 참말이오? 고마가 무돌산을 떠나야 한다는 게 말이오. 대장간 일을 그만둔 게 확실한 것이오?"

무겸 말을 들은 어라하는 속으로 탄성을 질렀지. 고마가 궁으로 돌아올 거라 믿은 거야. 어라하는 기쁨을 숨기지 못하고 얼굴이 환해졌지.

"무겸 장군님, 규칙대로 무돌산을 떠나겠습니다. 저는 아직 배워야 할 게 많습니다. 진짜 대장장이가 되어 돌아오겠습니다."

고마는 마음을 다잡고 말했어. 어느 때보다도 생각은 확실했지.

"어라하께 아룁니다. 고마 왕자님은 궁으로 돌아오시지 않습니다. 다른 대장간을 찾아 떠나셨습니다."

어라하는 무겸 말에도 마음속으로 고마 왕자가 돌아올 거라 믿었어.

모습을 드러낸 칠지도

어강어강 다롱다롱 어강다롱 다롱어강

무돌산 무지갯빛 무등벌 에워쌀 때

하나 된 백성들 하눌님께 경배하네

어강어강 다롱다롱 어강다롱 다롱어강

현을 타며 노래하라 손을 잡고 강강술래

천세 만세 만만세 대백제여 영원하리

무돌산 대장간이 주인을 잃었지. 쇠 두드리는 망치 소리가 멈춘
지 1년이 다 되어 가고 있었어. 시합에서 진 고마가 무돌산을 떠
났고, 두두가 몇 달을 무돌산 대장간에 있다가 아무도 모르게 무
돌산을 떠난 거야.

"두두 오빠야가, 고마 오빠야 물에 약 탔다."

예랑이 말했지만, 승리는 두두였지. 예랑 말을 믿지 않은 것이 아니라 어떠한 규정도 없었거든.

두두는 고마를 이길 수 없음을 알았어. 고마 담금질 물에 참가시나무 잎을 찧어서 섞었지. 철을 부드럽게 하는 성분이 들어있거든. 고마 칼이 힘없이 늘어졌다가 두 동강 난 것은 참가시나무 때문이었던 거지.

두두는 한편으로 기쁘고 한편으로는 몹시 불편했어. 며칠을 고민했지.

'마한에 부끄러움을 안겨줬구나. 이런 정신으로 마한 복원을 꿈꾼단 말인가? 욕심이 컸어. 부모님은 분명 비겁한 내 행동을 나무라시겠지. 대장장이 자질이 없다고 하실 거야.'

두두는 용기를 내어 신미국으로 돌아갔어. 부모님에게 자신의 부끄러운 행동을 말했지. 부모는 말없이 두두를 꼭 안아줬어. 대장간에서 더 열심히 일을 배우겠다는 다짐을 했지.

"고마 왕자님, 어라하 어명을 가지고 왔습니다."

무겸 등장에 깜짝 놀랐지. 고마가 손가락을 입에 가져갔어.

"무겸 장군님, 여길 어떻게 찾으셨어요? 아바마마께서 궁으로 돌아오라고 하셨군요?"

"왕자님이 가실 곳이 이곳 대장간 말고 또 어디 있었겠습니까? 무진주를 떠나지 않으셨다는 걸 믿었으니까요."

무겸은 싱글벙글 계속 웃으며 말했지.

"이곳에서는 제가 왕자인 걸 모릅니다."

고마는 무겸을 따라 궁으로 돌아갈 것을 생각하니 온몸에 힘이 빠졌어.

"당연히 그러셨겠지요. 여전히 딱쇠라 부릅니까? 좀 더 고상한 이름을 하시지. 쇠부리라든가?"

"무겸 장군님, 농담할 기분이 아닙니다. 궁으로 돌아갈 생각을 하면 세상이 끝난 것 같습니다."

"쇠 다루는 방법은 많이 익히셨는지요?"

"아직입니다. 쇠에 따라 망치질과 담금질이 다르다는 걸 배워 가고 있습니다. 이제는 쓸데없게 되지 않았습니까?"

"어라하께서 스물두 개 신물을 중 하나를 고마 왕자님께 맡기셨습니다."

무겸은 한참 동안 고마를 바라보다 말했어.

"제가 잘못 들은 건 아니지요? 아바마마께서 대장간 일을 허락하셨다고요?"

"꼭 허락하셨다고는 할 수 없습니다. 왕자님이 신물을 만들어 증명해 보이셔야 합니다."

고마는 한결 마음이 편안해졌지. 그동안 마음속에 갈등이 있었거든. 아버지 뜻을 따를 수 없다는 걸 알았지만 드러내놓고 거역할 수 없었으니까.

"왕자님은 하늘 소리를 들을 수 있는 신물을 만들어낼 수 있으실 겁니다. 일곱 나라를 평화롭게 다스릴 수 있는 상징물 말입니다."

무겸 말에 고마는 가슴이 뛰었어. 손바닥이 뜨거워졌지.

"무겸 장군님, 제 비밀 하나 알려드릴게요."

고마는 무겸 앞에 두 손바닥을 폈어.

"보이십니까? 붉은 점에서 늘 불꽃이 피어나요."

"고마 왕자님은 야장이 되실 운명이라 생각해 왔습니다. 백제에서 아니 세상에서 가장 멋진 야장이 되십시오."

고마는 대장간 일을 정리하고 무돌산 다물단으로 향했지.

"고마 오빠야가 돌아온다. 지금 오고 있어."

둥~ 둥~ 둥~ 세 번의 북소리와 방울 소리가 무돌산에 울려 퍼졌어.

예랑 말대로 봄바람을 몰고 고마가 돌아온 거야.

두두가 무돌산을 떠나고 고마에게 임무가 주어졌거든.

고마는 곡나에서 가져온 덩이쇠를 다물단에 올려놓고 하늘에 고했지.

"하눌님이시여, 일곱 나라가 평화롭게 살아갈 수 있도록 신물을 만들 수 있기를 빕니다."

신물은 계속 실패였지. 고민하다 고마는 아리에게 기도를 부탁했어.

　아리가 백일기도를 작정했지. 고마를 치료해주던 장소로 들어
갔어. 무돌산 여산신이 있던 곳이지.

　아리는 쓰러지지 않을 정도 음식만 먹고 기도에 전념했어. 백
일이 되는 날 밤 꿈에 흰 사슴 한 마리가 아리 품으로 뛰어 들어온
거야. 그때 사슴뿔이 눈에 들어왔지. 일곱 가지가 있는 뿔에서 각

각 빛이 났어.

아리는 두 손을 모으고 흰 사슴에게 절을 했지. 고마가 만들고자 하는 신물이라는 걸 직감한 거야.

아리는 기도처를 나와 고마와 이야기를 나눴어. 흰 사슴에게 있던 일곱 가지 뿔을 말하자 고마가 무릎을 딱 쳤어. 그날부터 고마는 신물 만드는 일에 전념했지. 일곱 가지는 일곱 개 칼날로 생각한 거야.

일곱 개 칼날이 있는 신물이 만들어졌어. 별 느낌이 없는 거야. 실패, 실패, 실패. 실패 연속이었지. 실의에 빠져 있던 고마는 하늘에 다시 고하기로 했어.

무돌이 어느새 나타나 등을 내밀었지. 등에 올라앉자 시무지개 폭포로 향했어. 목욕재계했지. 세상을 평화롭게 할 신물을 만들 수 있게 해달라고 간절하게 기도했어.

신물을 만드는 동안 그 누구도 고마가 있는 곳에 오지 못하도록 했어. 한 달이 가고 두 달이 가고 석 달이 가고 망치 소리만 무돌산에 쩌렁쩌렁 울려 퍼졌지. 겨울이 왔어. 고마는 외롭게 쇠를 두드리고 담금질만 했지. 무돌이 고마 곁을 지켰어. 계절이 몇 번 바뀌었지.

고마는 마음속에 신물만 담았어. 바람이 불어도 비가 내려도 쉬지 않았지. 쇠 강도에 변화를 세심하게 관찰했어. 어느 날부터 쇳소리만 듣고도 변화를 알 수 있게 됐지. 망치질과 담금질을 할 때 변화를 잘 살펴야 각각 다른 빛을 내는 걸 알 수 있었어.

노을을 닮은 붉은빛, 잘 익은 벼 이삭 같은 노란빛, 봄날 새싹 같은 초록빛, 하늘이 바다를 안은 파란빛, 칠흑 같은 까만빛, 무돌을 닮은 하얀빛, 여섯 개 칼날은 몸체에서 제 살을 내주어 칼날이 만들어졌지. 마지막 가장 위에 있는 칼날이 고비였어.

망치질과 담금질을 수천 번 했지. 단 한 번의 망치질이 남았어. 가장 위에 있는 칼날, 우듬지 칼날은 그냥 만들어진다고 생각했지만 가장 어려웠지. 여섯 개 빛이 하나가 되어야 만들어질 수 있었거든.

고마 이마에서 방울방울 땀방울이 보석처럼 빛났지. 깊은숨을 들이키고 일 초, 이 초, 삼 초, 숨이 목구멍에 차올랐을 때 텅! 망치를 내리쳤어. 사람 마음을 읽듯이 쇠 마음을 읽어야 했지.

어둠 속에서 아침이 되려는 순간 빛나는 보랏빛 띠가 나타났어. 뒤를 이어 붉은빛 노란빛 초록빛 푸른빛 까만빛 하얀빛 일곱 빛깔 띠가 만들어진 거야.

고마는 가슴을 쓸어내렸지. 하늘님께 무릎 꿇고 감사했어.

진짜 고비가 남았지. 글자를 새겨 넣는 일이야. 왜 이 신물을 만들었고, 어떻게 만들었는지 한 땀 한 땀 수를 놓듯 새겨야 했거든.

'그동안 아리 신녀에게 바느질을 배우길 잘했군. 이게 이렇게 소중하게 쓰일 줄 몰랐구나.'

고마는 무돌산에서 지내면서 스스로 옷을 만들어 입기 위해 아리에게 바느질을 배웠지.

泰□四年五月十六日丙午正陽造百練銕七支刀出
(生)辟百兵宜供供侯王□□□□祥(作)

태□4년 5월 16일 병오일 한낮, 백 번이나 단련한 강
철로 칠지도를 만들었다. 이 칼은 온갖 적과 병을 물리
칠 수 있으니, 제후국 왕에게 나누어 줄만하다. □□□
□가 만들었다.

先世以來未有此刀百濟王世子奇生聖音故爲倭王旨造
傳示後世

지금까지 아무도 이런 칼을 가진 일이 없다. 백제 왕
세자가 기생 성음이 일부러 왜왕 지를 위해 특별히 만
들었다. 이것을 후세에 전하여 보이라.

앞쪽에 34자, 뒤쪽에 27자가 새겨졌어. 가장 중요한 일이 남았
지. 금실로 한 자 한 자 채워 넣어야 했거든. 이 기술은 백제 사람
이 아니고는 할 수 없는 일이었지. 금실을 채우는 일은 칼날을 만
들 때보다 더 섬세한 작업이었어. 금실이 글자에서 벗어나면 각

칼날에서 흘러나오던 빛이 사라지는 거야.

글자에 금실을 채워 넣은 작업까지 3년이란 시간이 흘러 신물이 완성되었지. 제단에 있는 칼자루에 꽂아 확인하는 일만 남은 거야. 떨리는 손으로 조심스럽게 꽂았어. 일곱 가지 빛이 흘러나와 띠가 만들어지며 칼을 감싸고 돌았지.

고마는 깊은숨을 내쉬었어. 털썩 그 자리에서 쓰러져 잠들고 말았지. 얼마를 잤을까, 하늘 소리가 들려 온 거야.

신물을 뽑는 순간 바위굴이 무너진다
신물을 만든 자 바위 더미에 묻힌다
신물이 뽑히는 순간 신물은 완성되리라
신물을 가지는 자 나라의 어라하가 되리라
신물은 구 일 안에 뽑지 않으면 그대로 사라진다
신물 주인은 따로 있다

신물 주인은 누구란 말인가? 고마가 대장간을 나와 아리를 만났어. 고마가 고민을 털어놓지 않았지만 아리는 생각을 읽었지. 하룻밤을 함께 보냈어. 다음 날도 그다음 날도 속만 태운 거야.

하늘이 정해준 구 일째가 이제 딱 하루가 남았어. 하늘 소리가 다시 들려온 거야.

신물 주인은 따로 있다

신물을 뽑게 될 때 신물을 만든 자는 그대로 사라진다

아리는 고마 생각을 읽기가 무서웠어. 팔 일째 저녁 고마 눈을 바라보지 못했지. 먼 산만 바라본 거야. 고마 뒷모습만 바라보며 기도했지.

'천지신명이여 굽어살펴주소서. 동명왕이시여 도우소서. 소서노 왕모시여 지켜주소서!'

고마는 약속된 하루를 남긴 날 밤 목욕재계하고 몸을 단정하게 했어. 밤 열두 시가 됐을 때 제단으로 향했지. 아리가 만들어준 비단옷이 달빛에 눈 부셨어. 제단으로 가는 뒷모습에서 빛이 흘러나왔지. 사제자 모습이었어. 불안한 기색은 없었지. 당당했어. 감히 다가갈 수 없는 위엄이 느껴졌지.

고마는 혼자서 신물 앞에서 의식을 치렀어. 바람 한 점도 없었지. 멈춰버린 시간.

'죽음을 안다는 건 두렵다. 아니다. 정리할 시간이 있어 모르는 것보다는 다행이다. 아니다. 모르는 것이 낫다.'

고마는 혼자서 아니다와 다행이다를 되뇌며 한 발 한 발을 뗐지.

두려움을 넘어 무서웠어. 앞이 캄캄했지. 생각은 많은데 단어가 떠오르지 않았어. 수많은 말들이 머릿속에서 물처럼 흘러 다녔지.

신물 앞에서 고마가 눈을 감았어. 모든 의식이 끝났지. 죽음에

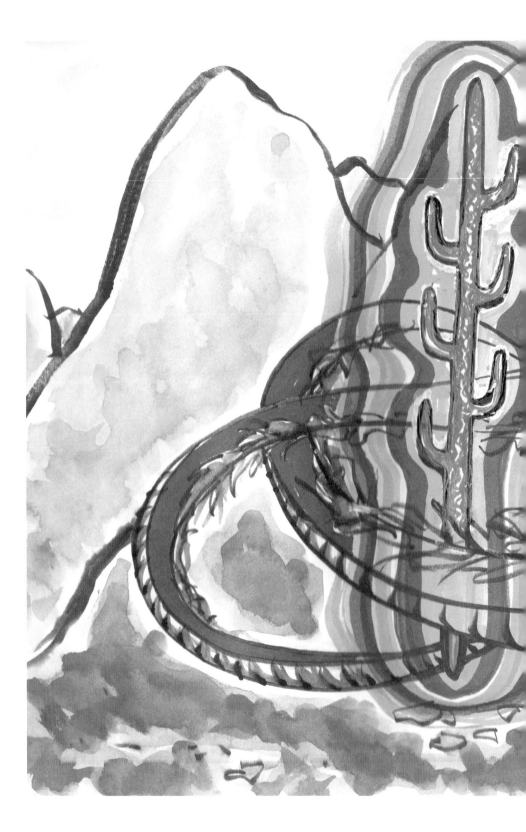

대한 두려움은 이미 사라졌어. 죽음과 삶의 경계에 서 있는 상태라고 할까. 숨이 멈췄는지 쉬는지 알 수 없는 상태였어.

신물에 조심스럽게 손을 가져갔지. 손바닥에 불이 붙는 것 같았어. 두 마리 붉은 용이 손바닥에서 빠져나왔지. 한참 동안 빠져나왔어. 두 마리 용이 신물을 휘감았지. 신물과 고마를 감싸 안고 빙빙 돌고 돌았어.

'아, 시각이 된 거야.'

고마가 신물 앞에 서서 두 손으로 손잡이를 감싸 쥐었지. 그때였어. 신물이 공중으로 튕겨 올랐지. 신물이 의식을 치르듯 공중에서 둥둥 떠다니며 춤을 췄어. 움직일 때마다 무지개가 쏟아졌지. 동굴 안에 수많은 무지개로 가득했어.

고마는 신물이 있었던 자리로 가 가부좌를 틀었지. 몸이 가벼워지며 공중 부양을 한 거야. 신물이 공중에서 한참 동안 멈췄어.

둥둥 떠다니던 무지개가 신물을 감쌌지. 일곱 빛깔 띠가 만들어졌어. 고마가 손바닥을 펴고 내려다볼 때였어. 붉은 용 두 마리가 나타나 신물을 감싸고 동굴 밖으로 연기처럼 빠져나갔지.

동굴 입구에 망부석처럼 서 있던 아리 품으로 신물이 안긴 거야. 붉은 용 두 마리가 신물에서 풀려나와 아리 주위를 한 바퀴 돌다 하늘로 올랐어. 그와 동시에 천둥소리가 난 거야.

우르르 쾅쾅쾅 아~ 바위굴 문이 닫힌 거지. 아리는 동굴 밖에서 고마를 기다리다 최후라는 것을 알았어. 신물이 완성된 순간이라는 것도 알았지.

고마 마지막 모습을 본 사람은 없어. 그 자리를 지켰던 아리도 보지 못했거든.

신물을 본 어라하는 한참 동안 말을 잇지 못했지. 눈물방울이 신물 위로 또르르 떨어졌어. 눈물방울이 음악 소리가 되면서 신물에서 일곱 빛깔 무지개가 피어올랐지.

어라하는 한참을 침묵 속에 있었어.

"신물을 칠지도라 하리라. 왜로 가라!"

왜는 백제의 스물둘 담로 중 하나였지.

왜는 그동안 여러 선주민 사이에서 전쟁이 잦았어.

"무겸 장군, 아리 신녀와 함께 왜로 가시오. 국가체제를 이뤄 평화를 유지하길 바라는 짐의 생각을 전하시오."

"어라하께 아룁니다. 어명 받들겠사옵니다."

어라하는 아리가 고마 아이를 가졌다는 것을 알았지.

"야마토 지역 수장에게 그 지역에 대한 지배권을 인정해 주고 칠지도는 백제가 후왕제국 왜에게 짐이 보내는 증표임을 알리시오."

칠지도는 백제왕권이 완성되었음을 상징했어. 하늘과 연결되어 신성하고, 초월적인 권위를 보여주는 표식인 거야.

"아리 신녀는 아들이 태어나거든 웅신이라 하라. 아이가 자라 왜를 다스릴 것이다. 칠지도는 백제가 중심이 되어 일곱 나라가 평화롭기를 바라는 상징물이다!"

왜 왕으로 추대되기 위해서는 조건이 있었던 거야. 백제에서 임신하여 왜에서 태어나야 했어. 백제 왕족만이 스물둘 담로 백제 후왕이 될 수 있었지.

고마 아이를 가진 아리가 덩이쇠와 함께 무겸을 따라 왜로 가게 됐어. 13대 어라하는 떠나가는 배를 한참 동안 바라보며 배웅했지.

백제 들여다보기

고대 한일 관계 비밀을 푸는 열쇠, 칠지도

백제 명검 칠지도에는 제작된 때와 왜(일본)로 건너가게 된 유래가 새겨져 있어요. 칠지도는 지도가 아니라 칼이랍니다. 전쟁에서 사용되는 칼이 아니라 일곱 개 나뭇가지 모양 칼로 의례에서 사용된 것이지요.

백제 13대 근초고왕은 역사상 가장 넓은 영토를 확보했을 뿐 아니라 중국, 일본을 잇는 동아시아 바닷길을 제패한 후 해양 왕국 중심이 됐다고 할 수 있지요.

당시 왜가 백제 후왕국이었다는 증거가 있는데요. 백제 후왕제도와 관련해서는 중국 기록에 왕족 자제와 종족이 지방관으로 파견했다는 기록이 있어요. 『양서梁書』 백제전에 따르면 전국적으

로 22담로가 존재하였음을 알 수 있다고도 되어 있답니다. 『송서
宋書』나 『남제서南齊書』에 보이는 백제왕이 신하를 왕이나 후(侯)에
봉한 기사와 연관시켜 봉건영지로 이해하는 견해도 있지요.

『칠지도, 61자 비밀』은 칠지도가 제작되어 일본 이소노가미 신
궁에 모셔지기까지 그 실마리를 찾아 떠나는 여행이라 할 수 있답
니다. 칠지도 재료가 된 철은 곡나라고 되어 있어요. 당시 곡나는
몇 곳이 있지요. 4세기 말 백제가 확보했던 마한 지역 곡나(지금
곡성)로 설정한 거예요.

칠지도는 전쟁에서 직접 사용한 칼이 아니라 의례용이라 할 수

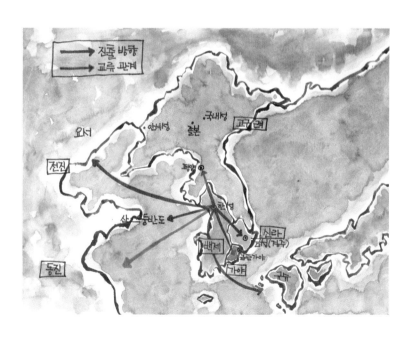

있지요. 나쁜 기운을 막아주는 벽사 의미를 담고 있고요.

『칠지도, 61자 비밀』을 써야겠다고 생각한 것은 아주 오래된 생각이었답니다. 백제 칠지도 제작 장소를 고심했지요. 그리스·로마 신화에 등장하는 올림포스산과 비견되는 호남의 진산 광주 무등산으로 설정해보자 한 거예요. 무등산은 140만이 넘는 인구와 1,187미터 높이 산이 있는 도시는 세계에서 광주광역시 하나뿐이라고 하지요.

칠지도와 관련된 자료에서 제작 연대나 제작 방식, 재료는 알 수 있는데요. 제작한 장소는 정확히 알 수 없어요. 무등산에는 오늘날까지도 천신제를 지내는 천제단이 있지요. 삼한시대 3대 천제단이 있던 곳은 묘향산, 구월산, 무등산이었다고 해요. 민족 신앙의 구심적 바탕이 된 곳이에요. 임진왜란 당시 김덕령 장군과 의병이 무기를 만들었다는 제철지유적지 주검동을 칠지도 제작 배경으로 삼았답니다.

백제 왕이 왜 후왕에게 평화의 징표로 하사한 칠지도는 하늘을 왕래할 수 있는 통행권이며, 하늘 신과 교신할 수 있는 안테나라고 생각했어요. 고대 한일 관계를 칠지도를 통해 풀어보자 했지요.

아직 풀어야 할 숙제가 많이 남았어요. 『칠지도, 61자 비밀』을 읽는 독자와 함께 하나하나 풀어 가보고자 합니다.

백제 들여다보기

칠지도

칠지도는 현재 일본 국보로 지정되어 있다. 이름에서 지도라고 생각할 수 있으나 일곱 개 가지가 있는 칼이란 뜻이다. 칼 양쪽 날 부분에 나뭇가지나 소뿔 모양이 각각 3개씩 일정한 간격으로 뻗어 나와 있다.

전체 길이는 74.9㎝이다. 칼 앞면에 34자, 뒷면에 27자가 금으로 상감된 명문은 백제의 우수한 누금(鏤金) 기법을 사용한 철기문화를 증명한다. 내용은 제작된 때와 왜(일본)로 건너간 유래다. 백제 왕이 왜 왕에게 하사한 것임을 밝히고 있다. 일본은 해석을 멋대로 하여 백제 왕이 왜왕에게 진상한 것이라 주장하지만, 백제

한성백제박물관 ⓒ엄수경

한성백제박물관 칠지도 재현품 ⓒ엄수경

왕이 왜 왕을 위해 하사했음이 명징하다.

　칠지도는 1873~1877년 이소노카미신궁 대궁사로 있던 간마사도모가 칠지도를 발견하고 녹을 닦아낼 때 명문 몇 자가 지워졌다. 사라진 글자에 의해 대한민국과 일본은 오랜 시간 동안 서로 다른 의견을 내세워 논쟁해 왔다.

　논쟁 핵심은 하사인지 진상인지이다. 『일본서기』에 백제가 진상한

것으로 나온다고 일본은 주장한다. 양심 있는 일본 학자 중에는
『일본서기』가 역사적 사실과 잘못된 점이 많은 역사서라는 걸 인
정하고 있다.

서울 한성백제박물관에 전시된 칠지도는 복제품이다.

근초고왕

백제 제13대 군주이자 어라하 근초고왕. 태어난 해는 알 수 없
으나 346년에 즉위해 375년에 사망했다. 백제 최전성기를 이끈
정복왕으로 평가된다. 뛰어난 군사력으로 넓은 영토를 차지했다.
정치, 경제, 문화적 기틀을 세우고, 왕권을 강화함으로써 백제 중
앙집권화 토대를 닦았다. 4세기 초 낙랑군과 대방군이 축출된 후
한반도 정세는 복잡해졌다. 이 시기에 동아시아 해상 문화를 장악
하고 탄탄한 외교로 문화강국을 이룬 왕이다. 근초고왕 업적에 관
해서는 『삼국사기』보다 중국 기록과 일본 기록에 더 자세하게 되
어 있다.

무등산

　광주 시내 산수오거리에서 무등산자락을 따라가는 길에서 수많은 이야기와 사계를 만나게 된다. 봄 길은 연초록 새싹과 꽃들이 새살 거리는 이야기를, 여름 길은 신록과 막힌 가슴을 뻥 뚫어주는 바람이 들려주는 이야기를, 가을 길은 단풍과 시리도록 맑은 하늘과 구름이 들려주는 이야기를, 겨울 길은 설산이 들려주는 이야기다.

　백제 때 무등산은 고을 이름을 따라 "무진악"이라 부르다가 고려 때 무등산이라 했다. 별칭이나 애칭이 있다. 서석산, 무당산, 무덤산, 무정산, 무지개를 품은 돌이 있는 산이라 하여 무돌산이라고 한다.

　광주를 의향, 예향, 미향, 삼 향이라고 할 때 광주정신은 무등산 정기에서 비롯되었다고 할 수 있다. 수많은 애국지사, 문인, 예술가 등을 배출한 근간이 되었기 때문이다.

무등산 ⓒ엄수경

무등산 금곡너덜 ⓒ엄수경

천지도,
62자 비밀

초판 1쇄 인쇄   2024년 12월 20일
초판 1쇄 발행   2024년 12월 27일

—

지 은 이   엄수경
그 린 이   박희선
펴 낸 이   임성규
펴 낸 곳   아꿈
디 자 인   정민규

—

출판등록   2020년 12월 23일 제363-2020-000015호
주   소   62357 광주광역시 광산구 월곡산정로 20-49 101동 106호
전자우편   a-dream-book@naver.com

—

ISBN 979-11-990625-0-4 73810

이 책은 ┗┏광주문화재단의 지역문화예술육성지원(전문예술인지원)으로 지원받아
발간되었습니다.

어린이제품 안전특별법에 의한 표시사항

제품명 도서 제조년월일 2024년 12월 20일 제조사명 아꿈 주소 광주광역시 광산구 월곡산정
로 20-49 101동 106호 제조국명 대한민국 ⚠ 주의 책 모서리에 찍히거나 책장에 베이지 않
게 조심하세요.